私はおとなしく消え去ることにします
3
著 きりえ
イラスト：Nardack

「仕方ないから踊ってあげるわ」
ルーシェ
転生して、リスティル公爵家令嬢に。
未来が見えるチート能力を持つ。
ルカ
ルーシェの従者兼護衛。
常に無表情。

ラルム
ゴウエンの部下。
色気のあるお調子者。
ゴウエン
リスティル侯爵
家に忠誠を誓う
屈強な隊長。
アドルフ
ルーシェの父親。
現"戦公爵"
(親バカ)。

「……求婚は受け入れてくださいますか？
姪御姫」

私はおとなしく消え去ることにします
3
著 きりえ
イラスト：Nardack
カドカワBOOKS

口絵・本文イラスト
Nardack

装丁
伸童舎

c o n t e n t s

第一章

①　始まりの時

皆様、ごきげんよう。私はルーシェ・リナ・リスティルですわ。

ある時、私は『夢』の中で未来が見える『先視の力』を得ましたの。その力によると、私は大人になっても一切魔法を使うことができず、その代わり弟が魔法を使える残酷な未来が見えました。そして、そのことにより後継者争いが起こり、他国がこの国に攻め入ってしまうらしいです。

この未来の到来を防ぐために、私は家出を計画中です。

その目的に向かって日々を過ごす中、なんとお母様がガルディア皇帝の姉であるということを知りました。いろいろあったあの事件からかれこれ一年、過保護に拍車のかかるルカとお父様、それを見たおばあ様がお父様たちに説教をするのが一連のルーティンとなりました。そんなこんなで、私、九歳になりましたの。

「最近、本来の目的から遠ざかってしまっているのですけれど……」

そう、私のあの夢を現実にしないために頑張っているのに、一向に進展しないのはなんでだろうか。理由は簡単、それどころではなかったからである。

「あと三年」

思わず呟《つぶや》いた。

「何がですか？」

突然後ろから声が聞こえた。

「きゃあ！！！」

誰《だれ》もいなかったはずの部屋で突然聞こえた声に、本気で驚いた。

「ルカ‼　驚かさないで‼」

「失礼いたしました」

しれっと（しかし、表情は無）返された。

（絶対思っていないわね）

「お嬢様？　何があと三年なのですか？」

さすがに「家出するまでよ」なんて言えないので、適当にごまかした。

「内緒よ。内緒」

「そうですか……」

そんな悲しそうにしないでほしい。最近ルカの無表情のなかの感情が読み取れるエスパーになってきた。

「それで？　どうかしたの？」

「旦那《だんな》様がお呼びです」

「あら、お父様が？」

何だろうか。また、お菓子とドレスの山じゃないだろうな。

「旦那様の部屋には何もありませんでしたよ」

「私は何も言ってないわ」

(なぜ私の心の声を読んだのかしら?)

「そうですか?」

「……お父様の部屋に行くわ」

＊＊＊

「え? リスティル領に行く?」

お父様の部屋を訪れた私を待ち受けていたのは、デレデレの顔だった。普通にしていればかっこいいはずなのに、なんでこう崩れてしまうのか。

「ああ、グレンを領民たちに顔見せしていないから、そろそろしないといけなくてね。ルーシェは生まれてすぐにやったんだが、あまり覚えてないだろう?」

一応やったんだ、私。さすがにその記憶はない。

「じゃあ、グレンとお父様は領地に帰られるの?」

天使としばらく会えないのね。残念に思っていると……。

「いや、ルーシェもだよ。……ずいぶん帰っていないし、そろそろ姪《めい》っ子に会わせろって、弟がうるさくてね」

私も行くのか……。しかし気になるのはお父様の弟である。

「私の叔父様?」

「ああ、私の弟だよ。私達が王都にいるからね、代わりにリスティル領を守ってくれているんだよ」

それは初耳だった。私、叔父様がいたのね。「叔父」の言葉に、ある人物の存在が思い浮かんだが、振り払った。

「お前と同じくらいの息子が二人いるんだ。従兄弟にも初めて会うだろう？」

「そうなのですね。とても楽しみですわ」

男の子か、ラスミア殿下みたいに生意気じゃないといいなあ。この年齢って、やんちゃなんだよね。

「まあ、アイツの子どもだから、くそガキではないようだが、いじめられたら言いなさい」

お父様も帰れていないようだからどんな子どもなのかはわからないらしい。

「はい。それで叔父様はどんな方なのですか？」

「……」

「お父様？　どうなされたの？」

その沈黙がとても気になるのですが。なんだろう、会う人会う人、一癖も二癖もあるのは私の気のせいなのかしら。普通ってなんだっけ？

「まあ、悪い奴《やつ》ではない。お前が生まれたときはかなり喜んだし、かわいがってくれたんだぞ」

そう言って頭を撫《な》でられた。かなりごまかされた感があるが。

＊＊＊

出立は一か月後と言われ、私は部屋に戻った。

「王都を離れるのは初めてね」

そう言えば生まれてこの方、王都の外の世界を旅することはなかった。これはチャンスだ。外の世界を知るための。

「そうですね。ご安心を、お嬢様。快適な旅を過ごしていただきます」

どこかの航空会社のキャッチフレーズみたいだな。

「それはありがとう。ルカは、王都の外のことを知っているの？」

「……そうですね。いろんなところを転々としていましたから……」

あ、これはだめだと思った。ルカの歯切れが悪い。あまり言いたくない過去があるに違いない。

そもそもお父様に拾われたのだから、ご両親に悲しいことをされたのかもしれない。私のバカ。

「そう。じゃあ、迷子になっても大丈夫ね」

そう言って話を変えた。

「お嬢様、迷子になるご予定でも？」

（突っ込まないで……）

苦し紛れに言った一言に食いつかれてしまった。

「いやいや。もしもの話よ？　もしもの。……それより、荷物とか用意しないとね」

もっと話をずらすことにした。苦しい。ルカの視線が痛い。

「すでに、メイドの方々が準備しておられるかと」

「そうよね」

彼女たちはばっちり仕事をこなすのだ。

「それとお嬢様……」

「なにかしら」

「新しいドレスを……」

「作らないわ」

「そんなこと言わずに、旦那様と奥様のご要望ですので」

「……もういっぱい作ったのに」

「あれでも少ないくらいですよ」

作らないと言ったが、両親そろっての要望なら、もう逃げられんではないか。

ああ、憂鬱《ゆううつ》だわ。部屋に帰ったらメイドという名の鬼がいるのよ、きっと。

②ご挨拶《あいさつ》

皆様、ごきげんよう。私はルーシェ・リナ・リスティルですわ。ただいま離宮に来て、アイヒとお茶をしていますのよ。

「まあ、ルーシェ。領地に行かれるのね」

「ええ。グレンのお披露目もかねて」

アイヒは優雅にお茶を飲むと、うっとりと言った。

「いいわね。わたくしもどこかに行ってみたいわ。王女だし、子どもだしで、外にはなかなか出してもらえませんもの」

「そう……」

それは、一年前に死にかけたってことも大きいと思う。正直言って、あれは死んだも同じだ。私がたまたま力を使えたから助かっただけだ。

アイヒの傍《そば》に立つ人物は、今も不在のままだ。

「お兄様もさぞかしショックを受けるのではなくて？　ルーシェに当分会えないから」

「どうかしらね？　チャンスとばかりに剣の稽古《けいこ》をするのでは？」

帰ってきたら、「ルーシェ勝負だ!!」なんて言ってきそうだ。

「……どうしてこう鈍いのかしら。お兄様ももっとアプローチしないと」

「え？　なんて？　よく聞こえなかったわ」

「何でもなくてよ。それより、リスティル領は様々な国から多くの物品が集まると言われていますわ。いいわあ、わたくしも行きたいですわ」

「何か欲しいものがあったら、探しますわよ？」

「本当に？　じゃあ、青い髪のカツラをお願いしますわ」

「青い髪のカツラ？　そ、それでいいわけ？」

　まさか、そんなものを頼まれると思っていなかった私は一瞬動揺した。そもそも、そんなもの売っているのか？　そしてなぜに青いカツラ？

　その時、コンコンと扉がノックされた。

「ルーシェ、アイヒ」

　入ってきたのはラスミア殿下だった。

「あら、ラスミア殿下」

「父上から聞いた。リスティル公爵領に戻るそうだな」

「はい、今日はそのご挨拶に来ました」

「そうか、長旅になるだろうからな。体調には気をつけろ」

「……」

　私は思わずぽかんとラスミア殿下を見つめてしまった。

「な、なんだ」

「いえ、気をつけて行ってきます」

もっと何かを言われると思ったのだが、普通だったのが予想外で驚いたのだ。

「せっかくですから、何かお土産お持ちしますわね。なにかご所望のものはありますか？」

「……」

ラスミア殿下は何かを考えるそぶりをした。

「あまり思い浮かばない。そうだな、お前がいいと思ったものを買ってきてくれ。ないならそれで構わない」

「はあ……？　わかりましたわ」

まあ、王子様なんだから欲しいものなんて特にないわよね。

「お兄様、それではルーシェが困りますわ」

「仕方ないだろ。思い浮かばないんだ」

「じゃあ、いいのがあったら買いますわ」

「ああ、気をつけて」

ラスミア殿下とアイヒに見送られて、私は離宮を後にした。

③リスティル領

――アステリア王国筆頭貴族リスティル公爵。その歴史は王家とともに始まった。彼らが治める領地は広大である。――

なにかの授業で読んだ一説だ。

私はガタゴトと揺れる馬車の中で、ルカに話しかけた。

「簡単に言うと領地の半分以上は農耕地帯で、後は町？」

我ながら簡単にまとめすぎたと思う。

「まあ、そんなところですね。その町にも多くの商人たちがいてなかなか圧巻ですよ。特にリスティル公爵邸がある領都は王都に次いで栄えていますから。ご当主の弟君の采配《さいはい》は確かなものです」

私の叔父様は特に商売が上手らしく、リスティルの商業地帯がこんなにも広がったのは叔父様の力が大きいらしい。

「ルカは領地に行ったことがあるの？」

先ほどからかなり詳細にリスティルの町について教えてくれるのだ。

「はい。一度だけですが」

まじかよ。一度だけで全部覚えているのか。

「もしかして、叔父様に会ったことはありますの？」

私は期待した目をルカに向けた。気になるのよね、どんな人なのか。

「いいえ、残念ながら。……お役にたてずに申し訳ありません。ただ、大変素晴らしい方だと屋敷の方々に聞きました」

「そうなのね。……ねえ、ルカ」

「はい、お嬢様」

ルカはいつもと同じ無表情だけど、初めて会った頃よりも背が伸びて、マジでイケメンになっている気がする。将来モテること間違いなしだ。知っているんだぞ、最近若いメイドちゃんが顔を赤らめているのを‼

「いつまでも固まらなくてもいいでしょう。もう、グレンは寝ていますわ」

今、私の膝《ひざ》の上にはグレンが頭を載っけて寝ていた。本当に天使みたいにかわいいわ。私はグレンの頭を撫でた。

しかし、出発してから今に至るまで、ルカは背筋を伸ばしたまま本気で一ミリも動いてはいない気がする。きつくないのかしら。

「そんなことよりお嬢様、体調にお変わりありませんか」

ルカはかなり強引に話をそらした。

「大丈夫よ。それより、もっと力を抜いて楽になさい。疲れちゃうわよ」

「問題ありません。お嬢様、そろそろお菓子を準備いたしますね」

揺れる馬車の中でルカはてきぱきとお菓子の準備を始めた。さすがにお茶はなかった。

＊＊＊

王都を出発してからようやく一日だ。私が言えることは一つ！　お尻《しり》が痛い！　ルカが気を使ってクッションを敷いてくれたけど。

私の膝にはグレンが頭を載せて寝たままだ。本当によく寝ている。しかし、揺れが少ないとはいえよく馬車で眠れるものね……。

王都を出てしばらくしてから見えるようになった見渡す限りの壮大な穀倉地帯。小麦の収穫期にはあたりが黄金に染まるという、リスティルの領地。

「すごいわ」

「国内の四割の小麦の生産量をまかなっていますから。もうすぐ、町が見えてきますよ」

「そう。……グレンを起こしてもいい？」

ルカがまた固まるんだろうなと思いつつ尋ねると、若干動きがロボット化した。

「そ、そうですね。……そろそろ出番ですから」

「出番？」

「はい。ルーシェ様とグレン様の」

（私達の出番？　どういうことかしら……）

「何が起こるの？」

そのときだった。

馬蹄《ばてい》の音が近づいてきた。

「え？」

「ん～。あねうえ様？」

グレンがあまりのうるささに起きた。目をこすっている姿はかわいいけど、それどころじゃない。

「ルカ？」

ルカは何も答えない。

次の瞬間、馬車の扉がガッと開かれた。

「は？」

「失礼、お姫様」

「え？　えええええ！！！」

説明しよう。扉の外には、クマみたいなおっさんが馬に乗って、馬車と並走していた。

（山賊！！？）

私はクマに腕をつかまれて、思いっきり引っ張られ、クマの膝の上にいた（今ここ‼）。

「何ですか！！？」

（てか、あんた誰《だれ》！！？）

私は突然のことにさっぱりついていけない。

「あねうえ様を離せ‼」

グレンがクマに向かって叫んだ。まあ、なんて立派なの！　さすが私の天使！

「ははは！　ずいぶんと勇敢ですな！」

「隊長、今回は姫君なんですから、もっと優しくしないと」

クマの部下と思われる男が、クマをたしなめた。

まったくだ。クマの腕は硬い筋肉に覆われて落とされる心配はなさそうだが、馬はものすごい勢いで走っているのだ。怖いんだよ。

「これはこれは、失礼。姫君。私はリスティル公爵家警備団第一連隊隊長ゴウエンと申します」

いや、のんきに自己紹介しないで、馬止めてくれ‼　舌かんじゃうわよ‼

私はしゃべらないまま、クマをにらみつける。

(まったく、なんなのよ、突然‼)

＊＊＊

「ゴウエン、来たか」

ゴウエンは前方にいたお父様の所まで追いつくと、馬を止めた。

「当主様、姫様をお連れしましたよ」

「……やれやれ。度胸試しの恒例行事とはいえ、もっと穏やかに連れてこられないものか。ルーシエ、大丈夫かい？」

お父様は私のげっそりとした顔を見て、心配そうだ。

「な……んとか」

「さすがは国王陛下も認める姫君。泣かないのはさすがですね。エイダ様からもくれぐれもよろしくとお願いされましたよ」

どうやらこれは恒例行事らしい。意味がわからん。しかし、おばあ様が？

（あ、そういえば）

私は出立の時のことを思い出した。


「ルーシェや」

孫がいるとは思えない美しさのおばあ様が満面の笑みで見送ってくれたのだが。

「クマみたいな部下に、ルーシェは優しくてよい子じゃから、くれぐれもよろしくと手紙を送っておいたからの」


とかなんとか言ってたわ。そうか、この人がおばあ様が言っていたクマさん。おじい様といい、クラウス師匠といい、おばあ様の周りはなんでこんなにタイプの違う怖い顔が多いんだろうか。

と、死にかけの頭で考えていたら……。

「うわ――――――ん‼」

後ろからものすごい叫び声が聞こえた。

「グレン⁉」

「ははは っ！　顔に似合わず泣き方が豪快ですなあ！」

後ろを見ればグレンも騎士に担がれて運ばれていた。あまりのうるささに運んでいる人も顔をしかめている。

「グレン、大丈夫だから泣き止《や》んで」

「うえええええん！！！」

馬の上にいるのでグレンの頭を撫《な》でてはやれないが、優しく声をかけた。

そうこうしている間に町の門が近づいてきた。周りは高い壁に囲まれ、堅固な門は閉じられている。そういえば、いったいなんで馬車から私達を連れ出す必要があったのだろうか？

「お父様」

「どうした？」

私は一連の謎《なぞ》を聞くことにした。

「なぜ私達は馬で移動しているの？」

「ああ、それはね……」

お父様が右手を上げる。すると、ギギギギギッと目の前の門が大きな音を立てて開いていく。

町が、隙間から見える。

そして、門の前に集まる無数の人だかりも。

ワ――――――ッ‼

瞬間、無数の人の声が聞こえた。

「お前達のお披露目だからだよ」

お父様の最後の言葉は、町の人の歓声によりかき消された。

④ 初めの町

皆様、ごきげんよう。私はルーシェ・リナ・リスティルですわ。

私達の目の前には人、人、人。町中の人が集まっているんじゃね？　ってぐらいの人だかりだ。

動物園のパンダはこんな気持ちなのね。

「お、お父様？」

お父様はお披露目と言ったが、普通は城のバルコニーから手を振るとか、もっとこう夢があるものじゃないわけ？

「ん？　どうした？」

そんなにいい笑顔で聞き返されると逆に言いにくい。

「いや、あの？」

なんといえばよいのか……。お父様は困惑している私達に苦笑した。

「ルーシェ、グレン。手を振ってあげなさい。お前達の民だ」

そう言うとニコニコと手を振りかえしている。その瞬間女性達からの悲鳴が聞こえる。え、今とても野太い声も聞こえたけど？

（まあ、気のせいと言うことにしよう）

私達の、民か……。前世が一般人の私にはさっぱりわからない感覚だ。

「姫様、公子様。今日のこの日を民達は待ちわびていたんですよ」

頭上からクマが答えた。

「民達にとっては、領主一族に出会える貴重な機会ですから」

（ああ、それもそうね）

私は彼らを見渡した。子どもからお年寄りまで、おそらく全員がここに来てくれているのだ。

将来の主《あるじ》の顔を見るために。

姫様、公子様。ようこそ。

みんなが、私達を歓迎してくれている。

それだけ治めているリスティル公爵家が慕われているということだろう。

（私が彼らの主となることはないけれど）

私は彼らの声援に応《こた》えるべく、笑顔で手を振り始めた。すると声援が大きくなった。

――公子様、泣いてらっしゃるわ。ご機嫌斜めなのかな？

そんな声が民衆から聞こえた。

――エイダ様は相変わらずアデル様を足蹴《あしげ》にしていますか⁉　私も足蹴にしてください‼

おい、どんな声援だ。そしておばあ様、民達の前でおじい様を足蹴にしたのか。

私がちらっと後ろを見ると、グレンはぐずぐずと泣いていた。抱えている騎士、兵士も困り顔だ。

「公子様、あなたの民ですよ」

ゴウエンがやさしく声をかける。が、ますますぐずついた。ゴウエンの顔が怖いんじゃないの？

「グレン」

「あねうえ様……。怖い」

ゴウエンと民を見て呟《つぶや》いた。

どうやら人の多さに圧倒された様子だ。うん、ゴウエンの顔についても、気持ちはわかるが、いずれここを継ぐ人がこんなことでは困る。

「みんなあなたのために集まってくれたのよ。手を振らなきゃ失礼だわ。大丈夫よ。お姉さまと手を振りましょう?」

私はグレンの頭を撫でた。

「うん……」

グレンは目を真っ赤にしているが、頑張って手を振り始めた。そしたら声援がさらに大きくなった。

「よしよし。偉いわ」

そんな私たちの姿を見て、ゴウエンが口を開いた。

「公爵様に姫様、そして公子様が生まれたときにはリスティル領全土がわきましたよ」

うわー、そんなに喜んでくれたとは。なんか中身がただの女子高生で申し訳ない気分になった。

「本当に?」

「もちろんですよ」

「ルーシェ」

お父様が近づいてきた。

「お父様」

「そろそろ屋敷に入ろうか。ルーシェ、お父様の馬においで」

と、でれっでれの顔で迫ってきた。気持ちわ……じゃなくて、もっと真面目な顔になってほしいところだ。

「呼んだつもりもない客にいつまでもかわいい子どもたちを見せる必要はない」

ぼそっとお父様が何かを呟いた。

「どうしましたの？」

「いいや、何でもないよ。ほら、あのあたりの人たちにも手を振ってあげなさい？」

「はい」

私はお父様が示したあたりに、顔色が悪くなっている人を見つけたので、その人に向かって手を振ってみた。

＊＊＊

「あれを逃がすなよ」

アドルフは、ルーシェが手を振るのを見守りながら、ゴウエンに小さく呟いた。

「了解」

＊＊＊

「あれが、リスティル公爵継嗣。ルーシェ・リナ・リスティル……」

民衆達がわく熱気の中に確かにその男は存在していた。存在しているにもかかわらず、その気配はとにかく薄い。

アステリア王家の剣、リスティル公爵家。戦場を血で染める悪魔の一族。その後継者とされる令嬢は、あの幼さで将来現当主達に引けを取らない才能を発揮しているという。

「隙《すき》あれば殺せって……。無理に決まってんだろうが」

あんな射殺してくださいという位置にいながら、射殺せる気がしない。周りを固める人達の気配で無理だと悟る。アステリアなんぞ敵に回して大丈夫かよ、うちの国は。

そう思ってボーッと令嬢の顔を見つめていた。

その時だった。

「っ‼」

目があった。

そんなわけがない。こんなにもたくさんの人がいるというのに、彼女は間違いなく、俺を認識している。

彼女はにこっと笑った。いや、嗤《わら》った。

まるで、狙えるものなら狙ってみなさいと言っているかのように。

「おいおい……」

冷や汗が流れた。今までそれなりに修羅場をくぐりぬけてきたつもりだが、本能がやばいと叫んでいる。

化け物かよ……。

すぐに踵《きびす》を返そうとした。

「……っ」

男は自分の運命を悟った。囲まれている。

「はあ……」

やれやれ、とんでもないぜ。

最後に見た空は憎らしいほど青かった。

⑤リスティル公爵家

皆様、ごきげんよう。私はルーシェ・リナ・リスティルですわ。

「お嬢様、大丈夫ですか」

「さすがにそろそろ飽きましたわね」

もう、疲れた。前の世界では新幹線とか飛行機など、目的地に短時間で着けるものがあったし、基本的に揺れないから本を読んだり音楽を聴いたりできたけど、馬車の中はやることがない。町から町に行くのは暇である。

初めは見慣れない景色とか、建物とかいろいろ観光気分でよかったけど、見慣れたよ。町に着いたら笑顔で手を振ったりするものの、基本的に暇。

「ルカは何もしなくて平気なの？」

私は斜め前にいるルカに問いかけた。ルカは出発時にはお茶を入れなかったが、だんだん慣れてきたのか、揺れる馬車内で素晴らしい手つきでこぼすこともなく、お茶を入れお菓子を出してくれる。むしろもらった私がこぼしそうである。

「ええ。お嬢様を見ているだけで幸せです」

「そう、さすが……。ルカ!?」

今、とんでもないことを言われた気がするわ。恥ずかしい。私はルカの顔を見たが、いつもの無表情である。なんなんだ、この子。

「ルカ、そんなことをさらっと言うのはやめてちょうだい」

私は君が将来女性関係でもめるかもと、とても心配です。

(将来、刺されるんじゃないかしら)

「本当のことですので……」

「ルカ……」

「お嬢様。そろそろ見えてくるかと、リスティル公邸が」

「本当に!?」

やっとこの暇な時間から解放される‼　と、窓から外をのぞいた。

ぱちっ。

馬に乗っているゴウエンと目があった。彼はニカッと笑った。顔は怖いが、案外優しいのかも。

「ゴウエンって、ずっとリスティルに仕えているの?」

「そう聞いておりますよ。彼の一族は代々この領を守る役目を担っています。……どうかされましたか?」

「そうなのね。とても大きな人だったから、最初は山賊かと思ってしまったのよ」

なるほど……、代々リスティルに仕えてくれているわけか。

「それはそれは……」

ルカは苦笑した。

「ああ、お嬢様、もう見えますすよ」

ルカが窓の外を指さした。

「あれが……」

大きな城門とそこから見える大きな白亜の城。

「大きい……」

そんな子どもじみた感想しか出てこない。

(すごい)

思わず立ち上がろうとしたが、あ、グレンが膝《ひざ》にいた。

「う……ん……あねうえ様……?」

あちゃー、顔を揺らしたから起きちゃったらしい。

「ごめんね、グレン。でも起きて、窓の外を見てごらん。すごいわよ」

グレンは目をこすると、窓に顔を向けた。

「すごいよ‼　あれが僕たちのもう一つの家?」

「そうよ、あなたの家よ」

白の塀が見えてきた。しかし、塀が高い。侵入者なんて絶対いないと思うわ。

「開門‼」

馬上にいるお父様が叫んだ。

衛兵たちが一斉に敬礼?のような形をとった。

うわ、映画のワンシーンみたいだわ。

私の隣でグレンがじーっとその光景を窓から見つめる。やっぱり男の子はあのような姿にあこがれるようだ。

「お父様、かっこいいわね」

「うん。でも、あねうえ様がやっても、とてもきれいだよ」

へにゃっと笑った。

「ッ――――」

本当に天使過ぎる。私は声にならなかった。

何とか呼吸を整え、冷静になる。なんで私の周りにいる男たちはこんなにもたらしになりそうなのだろう。

いけない、考えるな。よし、外を見よう。

衛兵たちの間を通りぬけ、馬車は城の中に入った。

「まさしく貴族の屋敷……」

思わず、つぶやいてしまった。リスティル邸で見慣れているつもりだったが、それ以上に美しい庭だった。

「はい?」

やべ、ルカに聞かれてしまった。

「なんでもなくてよ」

笑顔でごまかした。そして馬車は玄関前で停車した。

玄関の前には一組の男女と子ども二人がいた。

「あの方が、叔父様と叔母様?」

「……ええ。そうです」

ルカの顔が若干引きつっている気がした。

「どうしたの」

「いえ、何も。さあ、降りましょう、お嬢様」

ルカは私より先に降りると手を差し伸べてくれた。私はその手をつかみ久しぶりの地面に足を下ろした。やっぱ大地って大事だわ。母なる大地、サイコー。

「グレン」

私はグレンに手を伸ばして、降ろしてやった。

＊＊＊

「お久しぶりね、兄様」

蒼《あお》の瞳《ひとみ》に金の交じった茶色の髪を持つ美女の方が、お父様に声をかけた。

あれ、確かお父様は弟君をお持ちだったと聞いたけど、もしかして妹君もいたのかしら。私はルカに聞こうとしたが、ルカの二人を見つめる表情が冷め切っているのがしたので、何も聞けなくなった。

「お前、本気でアイツだろうな」

「いやだわー、当たり前じゃなーい」

一体何の話だろうか。

「奥方にまでこんな恰好《かっこう》をさせて、何をやっているんだ……。お前のせいで、アイヒ様はますますお遊びが過ぎるようになったんだぞ」

なんでそこでアイヒ様が出てくるのだ、お父様。ん？　奥方？　え？

私は何となくだが、違和感を覚え始めた。奥方、とはお父様の前の美女のこと？　それにしてはどうも会話がかみ合わない気がする。それに女性にしては少し声が低め？

私がそう思って、美人の顔を見ていると、目があった。

「あら！　その母上そっくりのお顔は、もしかしてルーシェちゃんかしら」

美人の顔が目の前に迫る。

「は、はい」

反射的に答えた。グレンが私の後ろに隠れる。

「後ろの男の子はグレンね。グレンは初めましてね。ルーシェちゃんは大きくなったわね」

そう言って私とグレンは美人に抱き上げられた。力持ちだな……。

「あなたたちの叔母の」

「ごふっ。痛い‼」

叔母？　の頭をお父様がはたいた。

「なに嘘《うそ》っぱちを教えているんだ。お前は叔父だろうが‼」

「え……」

やっぱりそうでしたか、いや、信じたくはなかったですよ。でも、体つきとかね。ルカが顔をひきつらせたのは、きっと気が付いていたからだろう。

いったいどうやったらそんな胸、作れるのか聞いてみたいところだ。ついでに声の秘密も。

「兄上は冗談が通じませんね」

「やかましい」

お父様は叔父様の頭に拳骨《げんこつ》を落とした。

「痛い‼」

声がイケメンボイスになった！！！

しかし、美人でイケメンボイス。なんか……、うん。

「はいはい……。じゃあ改めまして、君達の叔父にあたるアレクと言います」

そう言ったアレク叔父様の顔は、確かにお父様によく似ていた。おそらく恰好いいと言われる部類に入るに違いない。

「後ろにいるのが妻のエヴァ。そしてこのちびっ子達二人が息子たちだよ」

「こんな恰好で失礼いたしますわ、ルーシェ様、グレン様。こいつの妻のエヴァです」

貴族男性の恰好をしている方がなんと驚き、奥方様だったらしい。金の髪にブラウンの瞳を持つとても美しい方だ。

「こいつのってひどいじゃないか。君だっておふざけしたんだし……」

「お黙りなさい。あなたが私のドレスをすべて隠すからでしょう！　子どもですか！　まったく、お義兄《にい》様にまでこのようなお遊びをして……、お義母《かあ》様がいたら怒られますわよ」

何というか、とてもハキハキしている方だ。

「母上はむしろ笑い飛ばしそうな気もするが……」

ああ、それは否定できないかも。おばあ様は楽しいことが大好きなのだ。

「二人とも、ルーシェ様とグレン様にご挨拶《あいさつ》をして。あなた達のいとこですよ」

エヴァ様に背中を押されて、二人の子どもが前に出た。確か一番上の従兄弟は私より年上だった気がする。一番上は面差しが叔父様によく似ていた。髪や瞳の色は完全にエヴァ様だ。

その後ろに隠れている子は、髪や瞳の色はアレク様だけど、容姿はエヴァ様に似ている。

「初めましてルーシェ、グレン。私はユアンと申します。……ほら、お前も……」

長兄はユアンというらしい。きれいな笑みを浮かべて挨拶する姿は確かに様になる。将来が楽しみだね。

「は、初めまして……ぼ、私の名前はユーリです」

そう言ってユーリはユアンの後ろに隠れてしまった。恥ずかしがり屋なようだ。可愛《かわい》らしいが、グレンの方が間違いなく可愛い。

⑥ 従兄弟達

皆様、ごきげんよう。私はルーシェ・リナ・リスティルですわ。私は今、王都を離れてリスティル領に来ていますのよ。

ユアンお兄様とユーリ君は結論から言うととーってもいい子達だった。まあ、年相応の甘えたところはあるけれど、私達をとにかく気遣ってくれた。とりあえず、仲良くできそうだ。

「おはよう、ルーシェ。よく眠れたかい？」

「あら、ユアンお兄様、おはようございます。良い天気ですわね。よく眠れましたわ」

「それはよかった。父上がベッドの飾りから布団の素材までこだわったから」

ああ、そうなんだ。確かに布団の柔らかさ、肌触りは王都のリスティル邸のものに勝るとも劣らなかった。

「まあ、そうなんですか。それは叔父上にお礼を言わなければなりませんわね」

選んだのはエヴァ様じゃないんだ、と私は心の中で突っ込んだ。

「はじめはもっととんでもなかったんだけど、母上が蹴飛《けと》ばして軌道修正させたから、眠り心地はよかったろう？」

「最初はどんなものだったか気になりますわね」

「うーん。多分、寝れなかったんじゃないかな？　なんというか妙なところでこだわる人だから。

本当に面倒くさかった」

　ユアンは正統派王子様という感じで、やさしくて穏やかで優雅な普通の人だ。だが、時々毒を吐く。しかし、かわいいものであり、ここ最近個性的な人種にしか会えていなかったので、十分普通だ。本気でほっとする。

「ま、せっかく王都から姪《めい》と甥《おい》が来るのだから、仕方ないけどね。僕もユーリも、ルーシェやグレンが来ることを楽しみにしてたし」

「それはありがとうございます」

　今日はユーリ君とグレンはおもちゃの剣でチャンバラをしていた。私としては、グレンに同じ年代の男の子と遊んでもらいたいと思っていたから本当に良かった。あと、彼らはきっと将来このアステリアを支えるために必要な人材になるだろう。その時のためにも、グレンとは仲良くしてもらいたい。

（頑張って、大きくなったらグレンを支えてね）

　ユーリ君も自分より年下が来てお兄ちゃんになろうとしているようだ。

　私達は色々なお話をした。今ならっている勉強のこと、武術のこと。叔父と叔母のケンカの理由など。

　私はラスミア殿下とアイヒ様のお話をした。

「そうか……父の趣味が……」

　ユアンお兄様は頭を押さえていた。まあ、この国の王女様にまで影響を及ぼしているとなると、そんな顔になるわな。

「尊敬できるし、素晴らしい父なんだけどね……」

「でも、アイヒ様は楽しそうですし、結構な技術をお持ちでしてよ。ラスミア殿下にそっくりに化けるのよ」

「おや、それはすごいね」

「ええ。それに変装術はとても重要なものでしょう。いろいろと使えますわ」

スパイ活動には最適だしね。

「そうだね。ここはある意味で帝国との最前線だから……」

どうやら同じことを考えていたらしい。

それはさておき、帝国……ね。あの忌々しい奴《やつ》が思い出された。

ぞわっ。

思わず寒気がしたが、私は首を振って霧散させた。思い出すだけ精神力と時間の無駄だ。

「私も習ったほうがよいかな……」

「あら、それは素敵ね、お兄様」

「女装だけは勘弁してほしいけど」

「ええー、よく似合いそうなのに」

顔がきれいだし、声変わり前だから、案外できそう。普通の人でいてほしいが、やる分には案外面白いかもしれない。

「アイヒ様はラスミア殿下の真似を完璧《かんぺき》にこなしていましたわ。だから、きっとかわいいお姫様に変身できますわよ」

「いやだよ。僕がやったら変態じゃないか」

困ったような顔をして断られた。

「ドレスを貸しますわよ？」

「断るよ」

そういって優雅にお茶に口をつけた。

「残念だわ……え！！！」

私は突然とんでもない寒気と恐怖に襲われた。何……？

「ルーシェ？」

ユアンが怪訝《けげん》そうな顔をしてのぞき込んできた。私の気のせいなのか、それともユアンには感じないのか。恐怖で体が動かなかった。

その時だ。

「うわあああああん！！！！！」

グレンの泣き叫ぶ声が聞こえた。

パンッ。

「っは‼」

一気に金縛りが解けた。今のは何？

「グレン？　どうしたの⁉」

私とユアンお兄様は、突然泣き始めたグレンのそばに近寄った。

「ユーリ？　どうしたんだ」

「それが、突然動きを止めたから、僕の剣が思いっきり腕に当たったんだ」

二人が使っているのは子ども用の剣なので、大人用よりもずっと軽い。刃先もつぶされているので、切れてはいないと思うが、確かに痛いだろう。

「あらま。それは仕方ないわね。わっ！」

グレンのそばにしゃがみ込んだ私に突然グレンが突進してきた。腰の回りに腕をがっちりと回されて、危うくしりもちをつきそうになった。

「グレン？」

そんなに痛かったのかな？

しかしグレンは私のおなかのところに頭を押し付けてぐりぐりしている。

「大丈夫？」

「グレン、医者を呼ぶか？」

ユアンがのぞき込む。

「大丈夫」

小さい声だがそう聞こえた。

「ユアンお兄様。グレンは大丈夫ですわ。まだ、剣の稽古《けいこ》もきちんとはやったことがありませんから、痛くてびっくりしたんですわ。気にしないで。ユーリ君も大丈夫よ。これくらいなんともないわ。これに懲りずにもっと遊んでやってね」

そう言って場を収めた。

（でも、さっきの気配はなに？）

⑦ 日常

「ほら、グレン。ちゃんとついて来い」

「グレン、ほら、手をここに」

「ま、待って。兄上様達。怖い」

「ああ……」

天使だわ。天使がいる。

皆様ごきげんよう。私はルーシェ・リナ・リスティルですわ。リスティル領のお屋敷にいますの。

今日は、私の前で、天使が木登りを頑張っていますの‼　ちなみに、三人が登っている木は太いので、折れる心配はない。さらにその下では、ルカと兵士さんが直立不動で構えている。ルカ、嫌ならこちらに来ればいいのに……。

「お嬢様のためなら、私は下で構えておきます」

顔を蒼《あお》ざめさせながら言った。

ちなみに私も一緒に登ろうとしたら、最初の枝で兵士さんに抱えられて降ろされた。なんでだ‼　戦には出すんだろ！！？　登りたいよ。前世は木登り得意だったよ！

「お嬢様‼　美しい手に怪我《けが》でもしたらどうするのです‼　落ちて顔に傷などできようものなら。ああ、棘《とげ》は刺さっていませんか‼」

ルカはものすごいあわてた。いや、私、剣を握っていますけど？　マメもできていますけど？

体に打撲がありますけど？

そう言い返したら、「それはそれ」とルカだけでなく、兵士さんにまで言われた。ついでに、事の成り行きを見守っていたユアンお兄様やユーリ君にもだ。なんでさ‼

「あねうえ様‼」

見上げると、グレン達は太い幹の上に立っていた。

早い‼　いつの間に。さすが子ども、さっきまで怖がっていたくせに、なんて適応力だ。

「グレン！　枝から手を離しちゃだめよ‼」

あんなに手を振って危ないって！　バランス崩したらどうするの。

「はーい！」

だから、手を振るな‼　わかってないじゃん‼

そんな私の心配をよそに、するすると猿みたいに三人は降りてきた。

「あねうえ様！　見ていました⁉」

ああ、かわいすぎる。

「ええ。頑張ったわねえ」

「じゃあ、今度はあっちまでかけっこだ」

そう言って三人は走り出してしまった。

「あ、ちょっと‼」

兵士さんも追いかけて走り出した。大変だね。

「ふふ。元気なのはいいことね」

「お嬢様、どうぞ日陰に。焼けてしまいますよ」

ルカがパラソルを持っていた。

「ありがとう。グレンにもちゃんと一緒に遊んでくれる子がいてよかったわ」

すると。

「も、申し訳ありません……」

どよーんとした空気をルカがまとった。

「え!? いや、どうしましたの!!」

「わ、私が……」

あ、本来なら自分がやらなければならないのに、グレンが苦手だから遊ばないことに申し訳ないと……。

「そんな、ルカは私の従者なんだから、そんな暇ないじゃない!! 気にすることはないわ！」

「……」

「そ、それより、今日のおやつは何かしら。昨日の食後のデザートも絶品だったわ！ せ、せっかくだからここの料理長にお菓子の作り方でも教えてもらってらっしゃいな!!」

「はい……」

(だめだこりゃ。仕方ないわね)

「ル、ルカ。……私、ルカの新作のデザートが食べたくてよ。あなたのじゃなきゃやっぱりいやだわ。やっぱりここのデザートもおいしいけれど？ ルカの方がわたくしの好みをわかっているものね‼　今日の午後のデザートはルカに作ってほしいわ〜」

許せ、これが精いっぱいのデレだ‼

「かしこまりました。お嬢様」

立ち直りはやっ‼

そう言うやいなや。

「後ろの方々、お嬢様をお願いいたします」

頭を下げると物凄《ものすご》いスピードで厨房《ちゅうぼう》に向かっていった。おそらく人類最速の競歩記録になったに違いない。

「ふ、はははは」

笑い声が響いたのはルカが消えた直後だった。

「うきゃ」

うわ、変な声出た。何事だよ。私は恨めしい顔をして、声がする方を振り返った。私のほぼ真後ろだ。

「……」

隠れたつもりなのかなんなのか、突っ込むべきか。私の後ろの紅茶のポットが載っているカートのところに誰か隠れている。いや、バレバレなんだけど。頭隠して尻《しり》隠さず、いや、頭のてっぺん出てるし、ところどころ服が見えているんですけど。てか、メイドさんガン無視。表情がまったく変わらない。

「あなたはどちら様？」

私がそう声をかけると、隠れていた彼は姿を現した。

⑧ラルム

確かお披露目のとき、グレンを抱えていたゴウエン隊長の部下だ。

「いや、失礼した。なかなかにおもしろかったので……。ちゃんとお会いするのは初めてですね、ルーシェ様。ラルムと申します」

突然ビビらせる無礼をしたくせに、悪びれることもなくきれいな敬礼をした。蒼の瞳《ひとみ》と少し長めのくせのある青い髪、またとんでもなく美青年だな、おい。年のころは十八歳くらいか。片耳だけの耳飾りがまあ、素敵。きっともてるなこいつ。

「ラルム様」

「様なんて、必要ありませんよ」

ニッとネコ目の蒼い瞳をほそめた。

「それで？　どうされたの？」

何しに来たんだこの人は？　この人と私に直接のつながりは今のところない。

「姫君が暇そうにしているのが見えたので、お話に」

あなたも暇なのよね？　と心の中で突っ込んだ。

「そうですか。なら、せっかくですし、話しやすい言葉で構いませんわよ？」

「さすがにそれは……」

「気にしませんわ。ばれなければよいの。そこにお座りになって」

とりあえず、席を勧めた。すると、彼は少し考えると、面白そうに笑った。

「じゃあ、遠慮しないぜ？　あと、せっかくだから……」

ひょい。突然視界が上がった。ちょっ、紅茶！　私紅茶持っているから‼

「ちょっ」

しかし、私のカップは手元から消えていた。え？　きょろきょろと探すと、なぜかメイドさんが持っていた。さっきからアルカイックスマイルが変わっていませんね。仕事人、素敵です。

「せっかくだし、木に登ろう」

「ええ？」

「登りたそうにしていただろう？　まあ、彼らの登らせたくない気持ちもわかるがな……。でも、こんなことができるのはレディになりきる前の間だけだぜ」

そう言ってすたすたとお姫様抱っこのまま歩き出す。

メイドさんはアルカイックスマイルのまま何も言わずに手を振った。私は振り返すが、え、よいの？

そうこうしているうちに、私たちは先ほどグレンたちが登った木の根元までできた。

「姫様、俺の首に掴《つか》まって。あと、目をつぶってな。怖いから」

物凄くいい笑顔だ。

とりあえず私は、言うとおりにすることにした。目を閉じて、唇をかみしめた。奇声をあげたらヤバい。

ふわっ。

一瞬浮いた、気がする。

「はい、目を開けて」

「は？」

私は目を開けた。

「えええええ⁉」

いつの間にか、地上うんメートル上にいる！！！？　こわっ、怖いって‼

「はは、姫様は魔法でここまで来るのは初めてか？　前を見な。きれいだぞ」

「わあ……」

圧巻である。リスティルの邸宅を取り囲む城下町。わずかに見える田畑の色。上には青と白が広がる。

「姫様の町だぜ？」

「私の……」

捨てていくところ。

「すごいよな、リスティル公爵家は……。姫様は、どんな戦公爵様になってくれるかなあ」

「どうかしら？」

私は返す言葉が浮かばなくて苦笑した。

「楽しみだなあ」

ラルムは色々なことを話してくれた。あのクマのゴウエンが、家で子猫を飼っているとか（雨の日に捨てられていたらしく、放っておけなかったらしい）、実は小さな子どもが好きだとか。叔父叔母のケンカ録とか。

　そうしてのんびりと木の幹に座って話していたときだ。

「こらあああ！！！！！　何をしてんだあああ‼　ラルムゥゥゥゥゥ！！！」

　地響きかと思うほどの声が響いた。

「きゃあああああ‼」

「うおおお⁉」

　あまりに突然だったため、二人して悲鳴を上げた。

　グラッ。

「キャッ‼」

（落ちる‼）

「姫様‼」

　とっさにラルムが腕を掴んでくれた。

「あぶね――――」

　私が上を向くと、やれやれと言ったようなラルムの顔があった。

「何をしている‼　ラルム‼」

「いや、隊長のせいだから⁉　突然あんな声出すからだよ‼」

　ごもっともだ。引き上げられた私はため息を吐《つ》いた。

「ルーシェ様をそんな危険な場所に連れて行くな！！！　早く、降ろせ‼」

ゴッ‼

「うごっ‼」

その音に私は反射的に目を閉じた。いたそー。ちらっと見ると、ラルムが頭を押さえて悶絶《もんぜつ》していた。

「痛い‼」

「痛くなかったらもう一回だったな」

と、ゴウエンはこぶしを突き出した。

「ルーシェ様、怪我《けが》はありませんかな？」

「私は全く。ラルムがつかんでくれていたので」

「それはよかった。御身に何かありましたら、アドルフ様やエイダ様に叱《しか》られてしまいますから」

「おばあ様からも？　もしかして、おばあ様の部下だったり？」

「はい、お世話になりました。本当に」

その瞬間目が死んだ気がしたが、私は何も見ていないことにした。

（何をしたのですか、おばあ様）

「隊長、ひどいじゃないですか。姫様に町を見せていただけなのに」

ラルムは今も痛いのか、頭を撫《な》でている。

「なんで木に登る必要があるんだ。塔に行って来ればよかろうが」

「面白くないじゃないですか」

「なんで面白くする必要があるんだ」

「ふふっ」

やべっ、あまりにもテンポ良い会話とその内容に吹き出してしまった。

「ご、ごめんなさい。あまりにも仲がよろしいものだから」

上司と部下というよりかは、親子のようだ。

「仲がいいんだぜ、俺たち」

と、ラルムはゴウエンと肩を組んだ。

「ちゃんと敬語を使わんか‼」

ゴウエンはまた拳骨《げんこつ》を食らわせようとしたが、ラルムはさっと避《よ》けた。

「うわっ、いいじゃないですか！　姫様は気にしないって言ったんですよ！　アドルフ様の前ではちゃんとしますって。姫様の前では堅苦しいところより、仲のいいところを見せないと。俺ら信頼してもらわなきゃならないんですよ？」

「そういう問題じゃない」

「おかげさまで、仲が良いことは分かりましたわ」

「ほらほら、姫様もこうおっしゃっていますよ」

「全くお前は……」

「ふふ。ゴウエン、あなたが子猫を飼っていることも聞きましたわ。今度連れてきてくださいね」

そう言うと、ゴウエンは顔を少し赤くして、ラルムをにらんでいた。

「まあまあ、お二人とも落ち着いて……」

そう言って二人をなだめた。

第二章

① 危険な会話

皆様ごきげんよう。私はルーシェ・リナ・リスティルですわ。今、私の前には、とても可愛《かわい》らしい猫がいますのよ。

「きゃあ！　可愛いですわ！」

まだ、大人になりきれていない、白い毛にところどころ黒のブチが入っている猫と、茶色の猫、もう一匹は大人の黒猫だ。

「ルーシェ様がどうしてもとおっしゃいますので……」

ゴウエンは怖い顔を恥ずかしそうに赤らめながら言った。

大人の黒猫が私のほうに歩いてきた。私が手を出すと舐《な》めてくる。

「可愛らしいわ」

私が顔をマッサージするように撫でると、気持ちよさそうに擦《こす》り付けてきた。

（この黒猫……どこかで？　でも、ありえないことだし。そもそも猫の見分けはつかないわね）

私は考えることをやめて、猫たちを撫でることに集中した。すると私の前に大きな影ができた。

「あれ、この前拾われた猫じゃないか！　久しぶりだなあ！」

ラルムは私と同じようにしゃがみこむと面白そうに蒼《あお》い目を細めた。

「あら、ラルム」

「こんにちは、姫様。元気にしている?」

ラルムは猫の頭をぐりぐりといじくった。

「ええ」

「ラルム、稽古《けいこ》はどうした」

ゴウエンは胡乱《うろん》げな顔をして、ラルムに目をやる。

「もう終わりましたよ!」

「本当か?」

おもいっきり疑っている。

「本当ですって! 信じてくださいよ!」

「お前はさぼりの常習犯だろうが!」

どうやら、ラルムはよく稽古をさぼるらしい。ただ、「とても強くて頼りになるんですよ」と他の兵士から聞いたのだが。

「姫様の前でなんてことを言うんですか!」

「さぼるからだ馬鹿者‼」

(なんというか、漫才をしているようだわ)

にゃー、と猫たちが体を擦り付けてきた。黒猫の方は私の体にしがみつくと、するする登っていき、私の腕に収まった。

(うきゃー! 可愛い‼)

「ゴウエン隊長‼」

焦ったようにゴウエンを呼ぶ声が後方から聞こえた。

「なんだ騒々しい！　ルーシェ様の前だぞ！」

「も、申し訳ありません。アドルフ様がゴウエン隊長を急いで呼んで来いと」

「お父様が？」

なんだろうか。

「要件は聞いたか？」

「いえ。とにかく呼んで来いと」

「わかった。ラルムはルーシェ様と一緒にいろ」

「はい」

「ルーシェ様、申し訳ないが猫と一緒に遊んでおいてくださいね」

「わかりましたわ」

私がそう言うと、ゴウエンは去っていった。

「何かしら？」

「さあね？　でも、気になるね……」

「そうね」

「よし、行こうか」

「はい？」

思わずラルムの顔を見上げた。ラルムはとても面白そうなものを見つけた、という表情をしていた。

「え？　だから、あとを追うんだよ」

「大事なお仕事でしょう？　邪魔しちゃだめよ」

「別に邪魔はしないよ。気になるから、見に行くだけだよ。ゴウエン隊長は姫様と一緒にいるように言ったけど、付いてくるなとは言ってないよ」

「いや、そうだけど……」

「気になるでしょ？」

「そうだけど……」

「いいから行くよっと」

私がうじうじ考えていると、それにじれたのかラルムが黒猫を抱いた私を抱え上げた。

「ちょっと‼」

彼は私の抗議を聞くことなく、ゴウエンの去っていった方向に走った。

＊＊＊

「……」

屋敷の中が不気味なほど静まり返っていた。

「ねえ、ラルム……。こんなに静かなものなの？」

屋敷の中に入った私たちはメイドの姿すらない廊下に違和感を覚えていた。ここまでくると不気味である。

「いや、異常だね……。ん？　馬車？」

「馬車？　……本当ね。お客様がいらしているのかしら？」

ラルムが指した馬車は、漆黒のシンプルな馬車だったが、よく見れば精緻《せいち》な細工がふんだんに施された、高価なものだとわかる。真ん中に彫られているのは紋章だろうか。

「あれは……」

「ラルム？」

ラルムが信じられないという顔をしている。

「どうしたの？　あの馬車、何かあるの？」

「ルーシェ様は、まだ、知らないんだね……。あの紋章がどこの国を指しているのか」

「え？」

私は思わず聞き返した。そして、次に言われた言葉に、頭が真っ白になった。

「あれは、ガルディア帝国の馬車だ……」

「え……」

思い出すのは、あの危険な少年皇帝。ヨシュアを操り、アイヒを殺しかけた。

「……」

「姫様？　大丈夫？　震えているよ」

気が付くとラルムが私の顔を覗《のぞ》き込んでいた。

「え？」

「猫ちゃんを抱いている手が震えているよ」

自分の手を見るとガタガタと震えていた。

「にゃー」

黒猫は私を見上げると、頬《ほお》をなめた。

「……大丈夫。問題ないわ」

よくわからないが少し緊張が解けた気がする。猫が温かいからほっとしたのだろう。

(落ち着け私。ここにはお父様も叔父様もいるのよ)

「……なぜここにガルディア帝国の馬車があるの?」

「わからない。だが、普通じゃないぞ。どういうことだろう。何が起こっている」

「お父様たちが対応されているのよね」

「多分、対応しているのはアドルフ様だ。ゴウエン隊長が呼ばれたのもきっとそれでだ。道理で屋敷の中に誰《だれ》もいないはずだよ。人払いされているんだ」

「……」

「姫様どうする?」

「どうするって?」

私は聞かれたことの意味が分からずに、そのまま聞き返した。

「多分、客人を案内するなら、応接室しかないよ。行ってみるかい?」

「……入れてはくれないでしょう。きっと重要な話よ」

「そりゃね。でも、内容は聞くことはできる」

「はあ？　何を言って……」

「聞く覚悟があるなら、案内するよ。ル、ー、シ、ェ、姫、」

今までとは打って変わった冷たい目を私に向けた。

「……」

ここで聞かなかったら、私の耳にガルディア帝国の貴族とお父様たちの会話は入ることはないだろう。

「……聞くわ」

きっと、私が何もしなくても、お父様たちが動いてくれる。でも、この国から出て行く私としては、自分に降りかかりそうな火の粉のことは把握していたい。

「そうこなくちゃ、姫様」

先ほどの冷たい視線とは打って変わって、優しい顔つきになった。

＊＊＊

「ここ、どこ？」

「しーっ。あんまり大きな声は禁止だぜ」

あの後、ラルムは私とある部屋に入り込んだ。

「ここって？」

「アレク様の執務室」

「はあ⁉　叔父様の執務室って、勝手に入ったらまずいのでは……」

「まあね。えーっと、あ、ここだ」

ラルムが執務室の壁を触り始めたかと思うと、ある一部分の壁がガコッと音を立ててへこんだ。

すると。ギギギィと耳障りな音を立てて、壁が移動する。

「え……」

目の前に現れたのは、隠し通路だった。

「ここって」

「ようこそ。秘密の通路へ……なんてね。カッコつけたのはよいけど、その猫ちゃん本当に連れて行く気かい？」

「仕方ないじゃない。下ろそうとしても離れないんだもの」

色々と試したのだ。でも、引き離そうとするラルムの手をひっかくためにあきらめる羽目になった。

「本当に鳴き声を上げないでほしいよ」

「そうね。……静かにしているのよ」

「にゃー」

なんとも気の抜けた返事である。

（本当にわかっているのかしらね）

「もう、仕方ないね。……さて、行こうか」

ラルムは黒猫にひっかかれた手をさすりながら、前に進んだ。

② 帝国からの使者

皆様、ごきげんよう。私はルーシェ・リナ・リスティルですわ。私は今、リスティル公爵邸で隠し通路に入っていますの。

「ここって」

「リスティル公爵家の隠し通路の一つだと思うよ。探検していたら、ちょうど見つけたんだよね」

それはそれでどうなのだろう。そんな簡単に見つかってよいものか。

「まあ、細かいことは気にしないほうがよいよ。足元に気をつけて。階段を上がるよ」

ラルムはどこで拝借したのか、小さなランタンを持っていた。

「さて、ここだよ」

「ここ？」

そこは、何の変哲もない通路だった。

「そう。これから大きな声は絶対に出すんじゃないよ。聞こえたら終わりだよ。猫もわかっているね」

「ちょっと……」

ラルムはそう言うと、しゃがみこんだ。

ラルムはそのまま、床に手を置くと、スライドさせた。

一気に二筋の光が飛び込んできた。

「……」

私はそこを覗き込んだ。

（ここって……）

下を覗き込むと、大きなホールが見え、お父様たちを上から見下ろすことになった。

「隠し穴だよ」

ラルムに小声でそう言われた。

＊＊＊

お父様、叔父様、エヴァ様、そしてゴウエンと向かい合うのは、短く切りそろえられた赤毛に灰色の鋭い眼を持つ、三十代くらいの容姿の優れた男性。

アステリア王国の〝戦公爵〟とガルディア帝国の貴族の話し合いの場の空気は、想像するほど険悪ではなかった。それでも、どちらも空気は鋭い。

お父様たちもガルディア帝国の貴族も帯剣していた。

「この度は、面会をお許しいただきありがとうございます」

「帝国第一騎士団〝青の大公〟クレアンス侯爵がいらっしゃるとは、さすがに意外だな。殺されるかもしれない場所に、よくいらっしゃることができた」

「リスティル公爵はそこまで愚かなことをしないでしょう」

殺されるかもしれないというのに、表情を変えることなく、クレアンス侯爵は言い放った。

「さて、御託はいい。要件を言ってくれ。わざわざ、私がこの地に戻ってからの来訪、何の用があってのことか」

「ご名答。我が主《あるじ》、ガルディア皇帝より親書を持ってきた」

（なんですって……）

蘇《よみがえ》るのは、あの残虐な顔。思わず黒猫を強く抱きしめた。

「これを……」

お父様は険しい顔を崩さずに、親書を受け取ると、それを開いた。

「なんだと……」

それを読んだ瞬間、お父様の顔色が一気に変わった。わなわなと震え、親書を握りつぶしそうだ。

「兄上？　ちょっと見せてくれ。……正気で言っているのか？」

叔父様も驚愕《きょうがく》の顔でクレアンス侯爵を見つめた。

（いったい何なの？　何が書かれているの）

次の瞬間聞こえた言葉に、私は、凍りつくことになった。

「ルーシェを、ガルディア皇帝の皇妃に迎えたい、だと……」

③　結婚問題

皆様、ごきげんよう。私はルーシェ・リナ・リスティルですわ。私は今、とんでもない瞬間に立ち会っていますわ。

（私が、あのとんでも皇帝から求婚されているですってえええええ！！！？？？）

声に出して叫びたいが、そうもいかない。私は体をプルプル震わせていた。心配したのか、黒猫が私の頬をなめてくる。

「うわー。これは予想外」

ラルムが小声でつぶやいた。予想外とかのレベルじゃないわ。

「ふざけるなよ。うちの姪《めい》っ子をひどい目に遭わせておいて、いったい何のつもりだ」

「何の話でしょうか？　何かありましたか？」

アイヒやヨシュアの件に関しては、確かにガルディア皇帝がやったという物的証拠がなかった。つまり実際は、糾弾することが難しいのだ。

「理には適《かな》っているでしょう。これで、両国の平和が保たれる。なにより、ガルディア皇族の血をお持ちの公女だ」

「貴様……」

叔父様は今にも剣を抜きそうだ。

「すぐに返事を聞かせてほしいとは言いません。しかし、この婚姻でもたらされる両国の利益は計り知れないものとなることでしょう」

「クレアンス侯爵、貴公はこの件に異論がないと？」

お父様は、静かに言い放った。

「そうでなくては、この場にはいません。返事の期限は一か月後とさせていただく」

＊＊＊

そこから先のことに関して、あまり記憶がない。私の様子を察したラルムが、床を閉じると、私をもとの部屋まで連れ戻してくれたのだ。

「姫様……」

（婚姻ですって）

まだまだ先のこと、もしかしたら、この世界では結婚ができないかもしれない、と思っていた。

「私、あんなのと結婚するの……？」

「どうだろうね……」

「利害を考えると、どうかしら……」

婚姻は両国の平和を考えるなら、もっとも使われる手段だ。

「そもそも、それだったら、普通は王女殿下を送ることになるよ。姫様はあくまで公爵家の人だもの」

ラルムは私を元気づけるためなのか、頭をポンポンと叩《たた》いた。

「そう……」

何を言われても、今は冷静に考えられそうになかった。

④　夜会にいる人々

皆様、ごきげんよう。私はルーシェ・リナ・リスティルですわ。私は今、とっても疲れていますのよ。

ラルムによると、帝国の貴族は帝国領内に戻ったらしい。この城に滞在させておくわけにもいかないし、仕方ない。

しかし、自分の中では、ガルディア皇帝との婚姻が、頭を離れなかった。お父様たちに何か言われると思ったが、何も言ってはこない。それが、さらにいろいろな想像を掻《か》き立てた。

「ふう……」

思わずため息が出た。婚姻やらで頭は痛いが、今はやはり……。

「お嬢様？」

ルカが心配そうにのぞき込んできた。

「何かしら？」

「お疲れのご様子ですが、大丈夫ですか？」

「そうね……。このギチギチに編まれた髪が痛いわね」

「それは仕方ありません」

ルカはスパッと言い放った。

「はっきり言うわね……」

私は今、パーティー会場にいる。私とグレンのお披露目を兼ねて、リスティル領の領主達や貴族達を呼んだのだ。

今の私の格好は、まさにお姫様の格好だ。

髪は編みこまれ、右側には大きな薄ピンクの花がつけられている。そこから大粒の飾りが肩まで流れている。薄水色のドレスはいつもよりレースが多くついているし、扇まで持たされた。これだけゴテゴテしていても、品位は損なわれていないのだから、さすがはメイドたちだ。

グレンもお父様も私を見た瞬間、目を輝かせ、私を抱き上げた。

「きゃあ‼」

「ああ‼　ルーシェ‼　なんて綺麗《きれい》なんだ‼　さすがは私の娘！！！」

お父様、少し声を抑えてくださいませ。

「あねうえ様。大変きれいです‼」

「うん。ありがとう、グレン」

でも、お父様に抱きしめられたこの状況では非常に恥ずかしい。

「グレンもとてもすてきよ」

グレンは青を基調とした格好をしていて、本当に可愛《かわい》らしい。

「旦那《だんな》様、髪が崩れます」との言葉にようやく、お父様は私を下ろした。

「ごめんね、ルーシェ。綺麗だったからついね。さあ、二人とも行こうか」

お父様はそう言うと、私とグレンの手を引いて豪奢《ごうしゃ》な扉をくぐった。

目の前には、きらびやかな衣装を着た人々と豪華な調度品。

私は圧倒された。

（うわ、綺麗……）

もうそんな言葉しか出てこない。

そのまま、大きなホールの舞台に連れてこられた。

舞台に向かって右から私、お父様、グレンの順に立つ。

とりあえずお披露目なので、私とグレンはお父様の隣で、お貴族様達のご挨拶《あいさつ》を延々と受ける羽目になるのだろうと想像できた。

とは言いつつも、お父様はだいぶ簡略化してくれたようだった。

何せ、最初の挨拶が。

「今宵《こよい》はリスティル公爵家長女ルーシェ・リナ・リスティルとグレン・レオ・リスティルのお披露目にお越しくださり、まことに感謝する」

私は一斉に突き刺さる視線に一瞬怯《ひる》みそうになるが、表情は変えずに微笑《ほほえ》み返した。彼らの視線はさまざまだ。使えるのか、使えないのか、値踏みをされているのがよくわかる。

（よくもまあ、こんな子ども相手に値踏みできるわね……）

心配になって、ちらりとグレンを見た。グレンは何が何だか分からないという顔だったが、しっかりと前を向いていた。

「これ以上は面倒だから、口上はもういいな？　これ以上、俺がしゃべったところで大して面白くもないからな」

「いいな？」と疑問形なのに、すでに確定していた。

「構いませんよ！」との声があちらこちらから聞こえた。その声は馬鹿にしているというより、信頼しているからこその言葉、そんな感じがした。

「可愛い娘と息子に挨拶したいなら、とっとと並んでくれ」

そう言った瞬間わずかな笑みと共に貴族の列ができた。

終わった時、正直言って疲れた。

（貴族って大変ね）

「グレン、眠いなら、もう下がってもいいわよ？」

「いる……」

と言いつつ、半分瞼《まぶた》が下がっている。

「あらあら……。お休み」

そう言ってグレンの頭を優しくなでると、グレンは本当に寝入ってしまった。

「運んであげてね」

「かしこまりました」

近くにいたメイドさんにグレンを託した。ちゃんと寝ているので、泣き叫ぶことはない。

ついでに、私はお色直しとばかりにいったん前室に下がった。

「お嬢様、挨拶はひと通り終わりましたから、このまま部屋に下がっても問題ありません。旦那様も無理はしなくてよいとおっしゃっておりましたよ」

ルカは私の髪を直しながらそう言った。

お父様は個人的に挨拶をする人がいると言って、私とグレンの頭をなでると傍《そば》から離れて行ったのだ。

「グレンが下がってしまったし、私はもう少しいるわ」

「お嬢様、髪が整いました」

「うん、ありがとう」

「では私はここに……」

そう言うとルカは壁際《かべぎわ》に下がっていった。

私は、前室からまた広間に戻った。人々の視線が一斉に突き刺さる。

「やあ、ルーシェ」

「まあ、お兄様」

視線に怯みそうになった私に声をかけてくれたのは、ユアンお兄様だった。

ユアンお兄様は柔和にほほ笑んでみせながら、ジュースを差し出す。赤を基調としたスーツがよく似合っている。

「お疲れ様。疲れたんじゃない？」

「す、少し……」

「だろうね。値踏みされるし、あんな同じような口上の挨拶を延々と受けてさ……。でもさ、面白いよね」

「え？」

「僕たちみたいな子どもにご立派な紳士淑女が頭を下げてニコニコニコニコしてさ。見ていると笑っちゃうよ」

「はあ……」

ユアンお兄様、ちょっと言葉がよくないのではないだろうかと、私は顔が引きつりそうになった。

「でも、ゴマをすってくる分、それだけ期待されているってことだ。僕たちも応《こた》えてあげないとね」

「え？」

とんでもない毒を吐いたと思ったら、最後の言葉は意外だった。

「リスティル公爵家はこの国の剣で盾なんだよ。国軍もいるけど、国民が見ているのは僕たちだ。僕たちの動きが、王家の動きになる。だから、僕たちが彼らを守るんだよ」

「守る……」

ユアンお兄様は私と一つしか違わないのに、立派に決意ができているのだ。

（案外、ユアンお兄様がリスティル公爵に向いているかもしれないわ）

「と、言ってみたものの。まだまだ半人前だけどね。ゴウエンにはコテンパンにされるし」

「私もクラウス師匠にいつも負けていますわね」

「あはは、今度僕と戦ってみようか？」

「ええ!?　さすがに勝てませんわ」

「腕は確かと聞いているよ？」

ユアンお兄様は面白そうに笑った。

「まあ、どこからですか？」

誰《だれ》がそんな情報流しやがった。

「ラスミア殿下に勝ったと聞いたけど？」

「あれはたまたまですわ。ラスミア殿下の腕力が強くなったら、きっと負けてしまいますわ」

「どうだろう。おばあ様に負けた回数の方が、勝った回数より多いって聞いたけど」

それは初耳である。先王陛下はおばあ様はどうしてこう偉業が多いのだろうか。

「おばあ様は別格だと思いますわ」

「ああ。それは言えているかも」

二人して顔を合わせて笑いあった。

すると、どこからともなく、オーケストラの音楽が聞こえてきた。紳士淑女が手に手を取って、どんどんと中央に集まってくる。

「ああ、ダンスが始まりましたわね」

ダンスの稽古《けいこ》は前からしていたので正直言って不安はないのだけど、誰と踊ろうか不安だったのよね。

「うーん、叔父上には悪いけど……。ルーシェ姫、僕と踊ってくれますか？　やっぱり、最初は親族同士で踊った方が、角が立たないと思うんだよね」

「そうですわね」

そう答えつつ、良かった、と内心では思っていた。私がうきうきとユアンお兄様の手に手を重ねると、近くでこそこそと話す声が聞こえた。

『まあ、可愛らしいペアがいらっしゃいますわ。よくお似合い』

『いとこ同士だしな。リスティル家で、仲が良いのはいいことだ』

周りの評価も悪くない。

「足踏んだらごめんなさいね」

ダンスは不得意ではないのだが、一応謝っておく。

「僕の足さばきの見せ所だね」

お兄様は本当によく私をリードしてくれた。

「うまいじゃないか」

「練習しましたもの」

＊＊＊

「ルーシェ‼　次はお父様とだよ‼」

お父様が目を輝かせて私に腕を広げてくる。

(仕方ないわね……)

ユアンお兄様の後はお父様と踊ることにした。しかしながら、リーチが違いすぎるので、ステップとかは完全に無視して、好き勝手に踊った。

「ルーシェはダンスが上手だねえ……」

「練習しましたもの！」

最後はお父様が私を抱き上げて、ダンスは終わった。

ユーリ君とはくるくると子どものようにはしゃぎまわった。途中で目が回ったが。

「姫様‼　次は俺とだよ‼」

騎士の恰好をしたラルムが私の前に膝《ひざ》をつくと手を差し出した。その様はまさに絵画に出てくる騎士なのだが、私は思わず胡乱《うろん》げな表情をした。

「胡散臭《うさんくさ》いわね」

「ひどくない⁉」

「どうしてかしら、見た目は騎士なのだけど……。こう、怪しいのよね」

「今日はおしゃれしてきたのに～」

確かに今日のラルムの格好はイケてる。癖のある蒼《あお》の髪は軽くくくられて、騎士の恰好が細身の体によく似合う。よく見れば周りのお嬢さん達が頬《ほお》を染めていた。

「仕方ないから踊ってあげるわ」

私はラルムの手を取った。

「やった！」

ラルムは嬉《うれ》しそうに笑った。最初は普通だったが、途中から私を抱き上げて、くるくると踊りはじめた。

(何かあると思ったけど、こう来るとは予想外だわ‼　目が回る～)

「ちょっと⁉」

「こら、ラルム‼」

聞き覚えのある野太い声。ゴウエンである。

ゴウエンは私達のところまでやってくると、ラルムの頭をスパーンと叩《たた》いた。

「痛い！」

「当たり前だ！」

そのゴウエンに手を差し伸べると、恥ずかしそうに私と踊ってくれた。私が抱っこを求めると素直に抱っこしてくれたし。それを見た叔父様が私をお姫様抱っこし、お父様と取り合いをする事案まで勃発《ぼっぱつ》した。

「あー楽しい」

少し踊り疲れた私は庭に逃げた。

夜風がとても気持ち良い。

塀の外からも、どんちゃん騒ぐ声が聞こえた。

姫様ばんざーいとか、公子様ばんざーいと声が聞こえる。

「今日は城下でもお祭り騒ぎのようですよ」

「え？」

突然後ろから声を掛けられてバッと振り向いた。

（誰？）

そこにいたのは、長い金髪の、緑色の瞳《ひとみ》の美しい少年だった。

⑤ 銀の少年

「ごきげんよう、ルーシェ姫」

突然声をかけてきた少年は、優雅に礼をして見せた。

「ご、ごきげんよう」

私もつられて挨拶《あいさつ》を返す。

(こんな人、この会場にいたかしら?)

こんな綺麗《きれい》な容姿ならば、噂《うわさ》好きな貴族たちが何も言わないわけがないのに。

「どうしました?」

「いいえ、あの、お名前を教えてもらってもよいですか」

「ああ、そういえば……。私の名前はジェレミアと言います。今日は父に連れてきてもらったんです」

「まあ、そうでしたの」

「ルーシェ姫のお披露目ですから、ぜひお目にかかりたくて」

来なくていいとは言えず、とりあえず頷《うなず》いておく。

「せっかくなので、私と踊ってもらえますか?」

「ええと……」

（できればもう踊りたくない）

私は困った顔をして、差し出された手を見た。

「大丈夫、この場所で構いません。少しだけ……」

そこまで言われてしまうと、これ以上断ることは難しい。

「す、少しだけなら」

そう言って差し出された掌《てのひら》に手を重ねた時だ。

「きゃ！」

ぐいっと引っ張られて、抱きしめられる形になった。

「ちょっと」

「ああ、失礼」

「放してくださ……え……」

私は目を疑った。彼の髪は、金髪だったはず。なのにどうして……、銀色なの……？

「……求婚は受け入れてくださいますか？　姪御殿」

「え……」

耳元でささやかれた言葉に、体が固まった。

（どういうこと……）

「ふふ」

彼は動けない私を引っ張ると、そのまま踊り始めた。

私はされるがままになりながら、目の前の少年の顔を見つめる。

「あなたは……」

彼の髪は完全に銀髪になり、瞳は紫に変化していた。

「……この姿では、はじめまして。私がガルディア帝国皇帝です」

「本物な、の？」

「もちろん」

前に相まみえた時は、ヨシュアの姿を通してだった。ガルディア皇帝の顔を、私は知らなかった。あの時から、どこか化け物のような印象を持っていたが、彼は普通の人だった。背中まである銀の髪を一つに束ねて、切れ長の目を細めて薄く微笑《ほほえ》む姿は、どこからどう見ても綺麗な少年、だった。あの時に感じた寒気のようなものは、今はない。

いろいろと言いたいことがあった。あなたのせいで、ヨシュアはアイヒの傍《そば》にいられなくなったし、アイヒは死にかけた。

あの時のことを考えると体が震えそうになる。

「ここに、何をしに来たの」

「やはり求婚するなら本人が来ないとダメかなあと。遅くなってごめんね。ちょっと前の昼間に意識を飛ばして見ていたんだけど、弟君に気が付かれてねえ……」

ここは敵国だというのに、全く緊張感が感じられない。殺されると思わないのか。それとも、囲まれても抜け出せる自信があるのか。

（前にグレンが泣いていたのはそういう理由か……）

「私に婚姻を申し入れた親書は、本気なの？」

「もちろんだよ」

「どうしてそんなことを……」

「お姫様に惚《ほ》れたから、じゃ、信じないよね。そんな顔しないでよ」

「私は本気で聞いています」

私が真剣に聞いているにもかかわらず、一切の本気さが見つからない。

「君の力が必要だから」

「私の力……」

「そうだよ」


そういえばあの時、国王陛下はこう言っていた。

「『空間』を操れる力、そして、怪我を治癒できる『神の力』、心当たりはあるよね」

「はい」

「お母様の出自の話はもう聞いたかい？」

「聞きました」

「あの王家は、かつて神と契約したと言われている」

「神……」

「特殊能力を持つ人間『発現者』が多くいたらしい。近年はその数を減らしているらしいけど。マリア殿は力を持たない『無能』だったからね。その因子とやらを持っていないのだと思い込んでいたそうだ」

『空間だけでも発現したらラッキーと思っていた』

あの残酷なガルディア皇帝はそう言っていた。


「……」

「考え込んでいるね。別に悪くないことだよ？」

彼はそう言うと、私の耳元に顔を近づけた。

「え？」

「君が嫁いでくれたら、戦争を仕掛けることをやめてあげる」

ドクン、心臓が大きく鳴ったのが分かった。

「戦争、仕掛ける気だったの？」

「それもいいかなと思っているよ。いい位置にあるよね、アステリア王国って。知っている？　僕の帝国の冬はとても厳しい。港町は氷で閉ざされる。陸路も、何とか雪を溶かしながら物資を運んでいるよ」

「北の大国が、随分と弱音を吐くわね」

「それだけ大変なんだよ。アステリア王国は土地も海も魅力的だからね。欲しいよ」

(思ったよりまともなことを考えているわ)

あの時は少しばかりおかしな感じが際立っていたが、今はまともに思えた。自分の国が少しでも裕福になるために、他国の領土を奪う。よくある話だ。

私は自身を落ち着かせるように息を吐いた。

（私が言えることは、今は一つしかない）

「……私が結婚に関して、言えることは何もありませんわ」

あの後、屋敷の書物庫に案内してもらい、系譜図を出してもらった。物凄《ものすご》く分厚かったけど、ここ二百年のものを確認した。

（リスティル公爵家一族は親族に至るまで外に嫁がせていない）

どういうことかというと、婿や嫁をもらうときは、全部姓をリスティルに変更させているのだ。

（そしてまあ、なんというか……、自由恋愛の多いこと多いこと。入ってきた人の出身が名前の下に書かれていたが、『死刑囚』、『処刑人』、『異民族』とか、なんなんだよ。一番多いのは『貴族』だったけど、そういえば『滅びた国の王族子孫』とかもあったわね）

だから、私が結婚するかどうかは私の一存で決めることができない。一瞬考えないわけじゃなかった。私はこの国を出て行くつもりなのだから、それは結婚という形でもありなのではないのかと。

（ただ、ガルディア帝国に嫁いでも、私の命の保障はできないし、そもそも戦争をしないなんて保証もどこにもないわ。どうなるかわからないのに、嫁ぐのは勘弁だわ）

「……ここで嫁ぐって言ってくれたら、今すぐにでも攫《さら》っていけるのにねえ」

攫わないなんて言ったって、相手は敵だ、信じられるか。私は自分が置かれている状況に、危機感を覚えていた。じりじりと距離を取ろうとする。

その場を緊張感が支配した。

「私があなたの国に行ったとして、アステリア王国の肥沃《ひよく》な土地と海をあきらめられるのかしら？　あなたが戦争を仕掛けるかどうかが不確定なのに、求婚の返事なんか余計にできないわ」

「じじいどもはあきらめないかもね。でもどうでもいいよ、そんなこと。君が傍にいてくれるならそれでいい。君の願いは叶《かな》えてあげる」

前言撤回。やはり少しおかしい。

「あなた、私のこと随分買ってくれているのね」

「まあね。君の力が欲しいと言ったのは対外的な理由だよ。本当に欲しいのは君だ」

「私？　どういうことよ」

「僕と同じ感覚を持てる人は多くないんだもの」

「わからないわね。私、他人と違う感覚を持ったことはありませんわ」

「そうなの？」

物凄く不思議そうな顔をされた。あまりにも驚いた表情に、彼は素で言っているのがわかった。

「ええ……。あなたこそ何を言っていますの」

「人が虫けらに思えたりしないの？」

本当にきょとんとした表情で聞かれた。

「思うわけありませんわ！」

虫けらだなんて思ったことはない。なんてことを言うのだ。

「じゃあ、この世界にいる自分に、力に違和感を覚えたことはないの？」

「え？」

そう言われたとき、私はまじまじとガルディア皇帝を見てしまった。

（違和感？　そんなもの……）

「……」

沈黙が二人の間を流れたと思ったら、ふいに前に引き寄せられた。

ちゅ。

一瞬時が止まった。

（ちゅ？）

頬《ほお》に温かい感触。

（え？　えええええ！！？？）

目の前にはお綺麗な顔！

「な、何をって、きゃ！」

何をするの！　と言おうとしたら、今度は腕を後ろに強い力で引かれた。

「お嬢様！」

普段のルカからは到底考えられないくらい、怒った顔。

「貴様、お嬢様に何をした！　殺すぞ……」

冷え切った、どすの利いた声だった。

さらに、私とガルディア皇帝の間に二人の大人が立ちはだかった。

「お、お父様⁉　ゴウエン⁉」

後ろ姿ではわからないが、お父様もまた、怒ってらっしゃるように見えた。

「ガルディア皇族を招待した覚えはないぞ……」

そう言うと、お父様は腰の剣を抜き、切っ先をガルディア皇帝に向けた。

「こんばんは、リスティル公爵。いや、義兄上様《あにうえさま》？」

ガルディア皇帝は不敵に笑った。

「……なんだと？　貴様、皇帝か？」

義兄上様と呼ばれたお父様が、信じられないといった声で呟《つぶや》いた。

「その通り。この髪色、そして目の色を見ればおわかりでしょう？　あなたの奥方と大事なお姫様と同じなのだから」

「……何をしにここに来た」

「それはわかり切ったことでしょう。やはり求婚するなら本人が来るべきだろうと思いましてねえ」

「やかましい。この地に踏み入るとは殺されても文句が言えないぞ」

ゴウエンが剣を持ったまま一歩踏み出す。

「はいはい。殺されるのはごめんだよ。もう帰るからさあ。お姫様、今度、さっきの答えを聞かせてね」

ガルディア帝国は私に向かって微笑んだ。

「黙れ、小僧！」

ゴウエンが吠《ほ》えた。

「うるさいなあ。言われなくても帰るよ」

そう言って手をかざすと、突然私たちに向かって、無数の氷の刃《やいば》が飛んできた。

「え!?」

「ちっ！」

お父様が手を振りかざすと、あたりを炎が包み込み、氷の刃を溶かした。

氷の蒸発によってできた水蒸気で、あたりが見えなくなる。

「待て‼」

ゴウエンが追いかけるが、そこにはすでにガルディア皇帝の姿はなかった。

「ちっ、逃げたか。ゴウエン！」

「捜します！」

ゴウエンはそう言うと建物の方へ走っていった。

それを見届けたお父様は私と目線を合わせた。

「ルーシェ」

「は、はい、お父様」

お父様のあまりにも冷たい声に背筋が伸びた。しかし次の瞬間には抱きしめられた。

「無事でよかった。何もされなかったかい？」

「ええ、大丈夫」

私を抱きしめて満足したのか、顔を合わせると、お父様は忌々し気に顔をしかめた。そして、白い手袋でゴシゴシと私の頬を拭《ぬぐ》う。いつの間にかにこにこ顔になっていて、少し怖い。そして、あまりに強く拭われるので痛い。

「アドルフ様、あまり強く拭われると、お嬢様の頬に傷が……」

「ああ、そうだね。ごめんね、ルーシェ」

「い、いえ」

ルカ、よくぞ言ってくれた。

「……何を言われたの？」

分かっているでしょ、と思ったが、私は素直に答えた。

「お父様、ガルディア皇帝と私の縁談話が出ているのでしょう。そのことを言われましたわ」

私がそう言うと、お父様は目線を逸《そ》らした。

ルカはなんともいえない表情をしていた。

「そうか……」

「ええ。まだ、返事はしていらっしゃらないでしょう？　どうするおつもりですか？」

「ルーシェが考える必要はないよ」

お父様は私を抱き上げる。

「ですが‼」

「それは私の一存でも決めることができない。さあ、帰ろう」

それ以上、お父様は何も言わせてはくれなかった。

⑥ 同行者

皆様、ごきげんよう。私はルーシェ・リナ・リスティルですわ。

ガルディア皇帝がリスティル公爵邸に忍び込んでから、お父様はピリピリしていた。結局見つからなかったのだ。まあ、見つかったら見つかったで、それは驚きなのだが……。ルカに至っては私の傍《そば》を全く離れようとしない。グレンが傍に来ても、全く離れないのだ。

(結局、どうなるのかしら……)

私はお父様に求婚の件をどうするのか聞くことができず、数日が経《た》った。

今日はガルディア帝国との戦争の最前線になったところに行くのだけど……。

(なぜこうなった⁉)

「どうした、ルーシェ‼　何を暗い顔をしている⁉」

「なぜラスミア殿下がいらっしゃいますの⁉」

そう、なぜか今、私の目の前にはアステリア王国第一王子ラスミア殿下がいらっしゃるのだ。私はこんなこと聞いていない。

「お父さ……」

私はお父様と呼び掛けて、すべてを悟った。これは、何も聞いてないやつだ。

お父様の顔は般若《はんにゃ》のようになっていた。

「確かに文は出したが、なぜにおまけを付ける‼」

国王陛下が「てへっ☆」っと微笑《ほほえ》んでいる姿が想像できる。

お父様の隣に立っているゴウエンも、死んだような目で空を見上げていた。

「なんだか面白いことになっているなあ、姫様」

顔を輝かせ、話しかけてきたのはラルムだ。

「面白くありませんわよ。……ラルム、顔色が悪いわよ？　大丈夫なの？」

表情は笑っているものの、どこかきつそうだった。

「ん？　ああ。ちょっとね。今度、休みもらうよ。最近働きすぎでね〜。でも、姫様もそんなに顔色が良くないよ。やっぱり、あの夜のことでしょ？」

最後は小声だった。朝方ルカにも言われたが、そんなに顔色が悪いだろうか。

「……まあ、色々と」

「……守ってあげられなくてごめんね」

ラルムを見上げると、どこか悲しそうな顔をしていた。

「そんな顔をする必要はないわ。あなたはちゃんとお仕事しているでしょう？」

「どうだろうね」

「あら？　あなた、さぼっているのね」

「しまった、バレた」

ラルムはわざとらしく、あちゃーという表情をした。

「おふざけはここまでにしても、アドルフ様に話して、延期してもらおうか？」

「そんな必要はないわ。平気よ」

「ルーシェ、そいつは誰だ？」

私達があまりにも長々と話しているせいか、ラスミア殿下が不機嫌そうにラルムを指さした。

「失礼しましたわ。彼は……」

「リスティル公爵家警備団第一連隊ゴウエン配下、ラルムと申します」

ラルムは先ほどまでとは違い、綺麗《きれい》な敬礼を披露した。

「ああ、そうか。今日はよろしく頼むぞ」

「はい。お任せを」

ニコリ。二人は顔を合わせているが、ラスミア殿下の後ろからは何か黒いものが出ている気がするし、ラルムは非常に楽しそうに笑っている。

「……」

なんとなく雰囲気がよろしくない気がしたので、私はラスミア殿下に話しかけた。

「ラスミア殿下、国王陛下は何かおっしゃっていましたか？」

「お前も、戦場を見てこいとだけ言われたな。他《ほか》は特には……」

（なんだ、縁談のことは何も聞かされていないのね。残念なような、そうではないような不思議な気分だわ）

「お前こそ、顔色が悪いが大丈夫なのか？」

本日三人目である。体調が悪いわけではなく、多分心が疲れているのだろうと思う。

「大丈夫ですわ」

「姫様、体調が悪くなったら、ちゃんと言うんだぞ。アドルフ様に怒られてからじゃおそいからな。ルカ君が心配するぞ」

ルカは朝の支度をしてくれた後、名残惜《なごり》しそうに部屋から出て行った。

「わかりましたわ。ルカに怒られるのは嫌だもの。お父様！　もう行きましょう？　ラスミア殿下も怪我《けが》無く着いたわけですもの。よいじゃありませんか」

色々と唸《うな》っているお父様に声をかけた。もう来ちゃったんだし、仕方ない。今更帰れとは言えないのだ。

「長旅をしてすぐにまた出かけるわけですが、よろしいのですか？」

「かまわない」

＊＊＊

「しかし、父上がアドルフ様あてに返事を書いているとき、かなりピリピリしていたが。何かあったのか？」

「あら、そう、ですか」

あの国王陛下すらピリピリするだなんて、私が思っている以上に事態はおおごとのようだ。

「きっといろんな問題があるのですよ。仕方ないですわ」

国王陛下がラスミア殿下に今回の件を伝えていないようなので、私は何も言わないことにした。

「そんなものだろうか」

「そんなものですわ。ああそうだ。アイヒはお元気ですか？」

「ああ。相変わらずだ。そういえば、青い髪のカツラがどうとか言っていたな」

「あ」

そういえば、アイヒに頼まれていたんだった。すっかり忘れていた。青い髪なんて、ラルムしか思い浮かばないんだが。

「……忘れていましたわ」

「まあ、あいつも忘れていても怒らないだろうから気にするなよ」

「だとよいのですが」

「そろそろ着くだろうな……。森が開けてきた」

今から行くのは、戦地跡だ。

「知っているのですか？」

「いや。ただ、この辺りから、木の背丈が下がったからな。この辺り一帯が焼け野原になったわけだから、あたりを付けただけだ。なあ、ルーシェ」

「はい」

「お前はどこまで、戦争について知っている？」

＊＊＊

――十三年前。

突如、北の大国ガルディア帝国はアステリア王国に宣戦布告をした。しかも挨拶《あいさつ》とばかりに国境沿いにある砦《とりで》に一発かましたらしい。

ガルディア帝国との国境線に隣接するのは戦公爵リスティル公爵家、そしてアーネンブルク辺境伯だ。ガルディア帝国が布陣をひいたのは、アーネンブルク辺境伯領側だった。

この宣戦布告により、アステリア王国先代国王シリウスと国王陛下の姉、第一王女エリーゼが戦公爵エイダ・マヤ・リスティルと多数の一族の将軍と共に、王都より出陣した。それは春の陽気が心地よい晴れた日のことだったという。

この戦は長期にわたり、且つ泥沼の戦いだった。片方の布陣を取れば、もう片方が別の布陣を取る陣取り合戦。ガルディア帝国側にも、天才軍師がいたことが要因だったらしい。この戦いで、リスティル公爵家の将軍たちも数多く戦死した。

最終的には、ガルディア帝国が使用した兵器により、国王シリウスとエリーゼが死亡したが、同時に相手方も数多くの皇子、皇女も巻き込み、死亡したことにより戦争は一時休戦となった。兵器とは何なのか知りたいが、残念ながら詳しいことは分かっていないらしい。

私が知っているのはこれくらいだ。

一度、戦場を描いた絵を見たことがあったが、本当にひどかった。絵がリアルなのもあったが、あれは、ひどい。

「焼け野原になったって言われているのに、みんな戻ってきたのね」

数年は作物を育てられるような状態ではなかったと習ったが、あたり一面が、田園地帯になっていた。ちらほらと民家も見える。

「……そんな簡単に、故郷は捨てられないんだろうな」

そう言ったラスミア殿下の顔はいつもとは違い、どこか大人びて見えた。

⑦ 戦争の傷跡

私たちが向かったのは、アーネンベルク辺境伯領との境にある激戦地に建てられた複数の慰霊碑だった。慰霊碑には数多くの戦死者の名前が刻まれていた。いったいどれだけの人が命を落としたのか、想像もできない。慰霊碑の周りにはたくさんの花束が置かれていた。いまだに多くの人がここを訪れているのだろう。

(この花束を置いた人たちは、何を望むのだろうか。戦死者の仇《あだ》を討つことか。もう二度と戦争を起こさないことか。どちらだろうか)

「ルーシェ、大丈夫かい？　辛くなったら言うんだよ」

「お父様、大丈夫ですわ。……ここで多くの人が亡くなったと思うと、少し悲しくなっただけですわ」

「私もこの戦いには参加していた。正直言っていいものではなかったよ。多くの部下が、この石碑に名を連ねている。名ばかりの将軍だった私についてきてくれた素晴らしい兵士達だった。……ゴウエンの奥方やご息女の名前もあるよ」

「え……」

それは初めて聞く話だった。ゴウエンの家族は亡くなっているのか。

「奥方は素晴らしい兵士で、ご息女は軍師だった。その采配《さいはい》は素晴らしかったから、妊娠している

にもかかわらず、戦場に出てきてもらった」

私はとっさにゴウエンを捜してしまった。彼はラルムと共に、大きな花束を抱えて、私達が立っている慰霊碑とは別の慰霊碑の前に立っていた。ラルムは涙を一筋、流していた。

「……」

その花束は三つあった。

(……彼はまだ見ぬ孫も失ったのね)

「そして、ここはリスティル公爵家が先代国王陛下とエリーゼ様を失った場所でもある」

お父様の声はいつもとは違い、どこか元気がなかった。少し前に知ったことだが、もともとは現国王陛下の姉エリーゼ様が女王陛下になる予定だった。だから、お父様は余計につらいのかもしれない。

「今思えば、エリーゼ様がいくら暴れても、王宮に閉じ込めておけばよかったと思いますよ……」

「父上から聞きましたよ。伯母上は信じられないくらいのおてんば王女だったと。そして、誰《だれ》よりも槍《やり》が強かったと」

そう言うとお父様がげんなりした顔をした。

「おてんばなんてかわいい言葉では到底言い表せませんよ。今の国王陛下とは別の意味でとんでもない方だった……」

しかしながら、その表情はとても懐かしそうだった。

「二人ともガルディア帝国が開発した兵器にやられたと父から聞きました」

「ええ。あの時の光景は忘れることができませんよ」

お父様の表情は険しくなった。

「お父様、兵器って？」

それを詳しく聞きたかったのだ。

「それが何なのかは分かっていないと聞きました。その兵器から放たれた黒い光が炎に変わり、すべてを焼き尽くしたとだけ……」

ラスミア殿下は国王陛下からいろいろと聞いていたようだ。

「ええ。一瞬でした。一瞬で、あたりが消し炭になりました。何も言う暇も、動く暇もなかった。正直に言ってあの戦いを生き延びた人は運がよかった。ただ、それだけでしたね」

お父様がそのように言うだなんて、よほどの威力だったのだろう。

「あの光は、先王陛下やエリーゼ様がいた陣営にも降り注いだ。その時、エリーゼ様の傍《そば》にいたゴウエンのご息女も一緒に焼かれた」

焼かれるという強烈な言葉に、私は寒気を感じた。

「その兵器、今すぐに撃たれることはありませんの？」

「あれはガルディア帝国にとっても諸刃《もろは》の剣だったらしい。起動するのに多くの魔力を必要としたらしいが、途中で暴走し、魔力を渡していたすべての魔術師の魔力を吸い取り、殺してしまったそうだ」

その時、私はガルディア皇帝の言葉を思い出した。そういえば彼は黒髪の子ども達が誘拐されたときに言っていた。

『もともと我が国はこの大陸で一番魔術師の数が多かったんだけど、いろいろあってねえ。ま、うちの国の魔術師の数が減ったのは自業自得だし、僕はどうでもいいけど、それじゃダメって言う人が多くてね。仕方ないから、この国からもらってくることにした』

いろいろとはこのことだったのか。確かに自業自得である。

「それで、一時休戦して、今に至りますのね」

「ああ。ただ、あとから問題が現れました」

「問題？」

ラスミア殿下が首をかしげていた。

「はい。よくご存知でしょう。……ヨシュアのような黒髪の子ども達」

「あ……」

（あの時……）

『むしろ、黒髪の子どもたちを生んだのは僕らの国なんだよ？』

ガルディア皇帝がそう言っていたのは、そういうことだったのか。

「兵器から発せられた黒い光はあたり一面に降り注ぎました。それを浴びたのか、何らかのものを吸い込んだのかはわかりませんが、あの時、あの地域にいた女性から生まれた子どもに黒髪の特徴が出ることがありました」

「昔からまれに黒い髪の子ども達は生まれていたと父上から聞きましたが？」

「ええ。ただ、あの時の比率はかなりのものでしたから、おそらくはあれが原因であると言われています」

「そんなことが……」

初めて知る事実の多さに、言葉がなかなか出てこない。

「戦後に生まれた黒髪の子ども達の魔力保有量は、自然に生まれた黒髪の魔術師達に比べ、圧倒的に多かった。だから、急いで補助の政策を打ち出すことになったのですがね」

「……」

言い方が悪いが、この国の黒髪の子どものほとんどは、ガルディア帝国の兵器によって、被害を受けた女性達から生まれている。しかし、その子達は魔力が多くて、将来が嘱望されるほど……。

（物凄《ものすご》い矛盾だわ……）

「お父様は、戦地にいたのよね」

「いたよ」

「怖くなかったの？　お父様はまだ子どもだったんでしょう？」

「怖かったけど、先王陛下や部下達を置いて逃げるわけにはいかなかったからね」

そう言って私の頭を撫《な》でた。剣ダコができた手はお父様がどれだけ頑張ってきたかを物語っていた。

「多くの人を動かす将軍で、この国の剣であるリスティル公爵家の後継者として、一人でも生かすために、逃げるわけにはいかなかったんだよ」

「そう……」

私はこの国を守るために、リスティル公爵家を出て行こうとしているけど。

⑧ アーネンブルク伯爵

皆様、ごきげんよう。私はルーシェ・リナ・リスティルですわ。お父様から十三年前の話を聞かされて、少し考えさせられましたわ。

慰霊碑の次に連れて行かれたのは、病院だった。そこには、大部屋の中にたくさんのベッドが並んでいた。

患者さんたちはリハビリをしていた。

「ここは市民も入院しているからね。静かにしていようか」

「「はい」」

そう言いながらも、「アドルフ様ー、公爵様、姫様」と声が聞こえる。ラスミア殿下に関しては、「どこかのお貴族様か?」といった声が飛び交う。

(さすがに王子様です、なんて言えないわね)

うるさくなった感は否めない。

入院中の方々、怒らないでと思っていたが、その入院中の方々が手を振ってきていた。

私たちは手を振りつつも廊下を進んでいった。

「おや、アドルフ様、立派になられて……」

しばらくしたところで、右足をなくし松葉杖《まつばづえ》をついた、六十代くらいの男性がお父様に声をかけた。

「マリウス、立派って、前にも同じことを言われたぞ？」

「おや、そうでしたかね。ああ、こちらがルーシェ姫、ですかな？　こんにちは」

マリウスと呼ばれた男性は私に向かってほほ笑んだ。

「は、初めまして……」

私は挨拶《あいさつ》を返した。

（どちら様かしら……）

「マリウス、部屋に行ってもよいだろうか」

「ああ、確かに。いつまでもこのようなところでレディーを立たせておくわけにもいきませんね」

マリウスと呼ばれた老人はそう言うと、私達は部屋に案内された。お父様にラスミア殿下、ラルムにゴウエンまで入るとなかなかに狭い。

「さて、そちらの方の顔を見るに、王族に連なる方かな？　国王陛下にそっくりだ」

「父をご存知なんですか？」

「昔、何度かお会いしましたよ。驚きですなあ、国王陛下の子どものころにそっくりです。第一王子殿下ですかな？」

「はい。ラスミア・ギル・アステリアと申します」

「ようこそ来てくださいましたね。私はマリウス・フォン・アーネンブルクと言います」

「ア、アーネンブルクって……」

「アーネンブルク辺境伯爵というやつさ。今はこのざまだがね」

「は、はあ……」

アーネンブルク辺境伯爵は私の顔をまじまじと見つめた。

「いやいや、なかなかエイダ様に似て可愛《かわい》らしいですなあ。性格までは似ていないらしいが？」

「母上のようなのがほいほい生まれたら困ります」

お父様は顔をひきつらせながら言った。

「確かになあ。あそこまで遠慮がないと、色々と体に堪《こた》えるからなあ」

（おばあ様は何をしたのかしら……）

「エイダ様も別に最初っからああではなかったが……。いやその素養はあったか？」

「アーネンブルク伯、母上の話はしなくて結構です」

「何を言うか。こんな若いものに残虐な話をしたところでつまらんだけじゃ」

「私もしてほしいわけではありませんが、立場上仕方ありません。戦場に夢も希望もないですし」

「そうか。このような子どもたちが次代となって戦うのか。寂しいなあ」

「まだ、我々がおりますがね」

「そうだが、それでもやはり悲しいな。私は足を失った。家族を失うこともある。大切な部下さえも失う。そして、自らの命を失うかもしれない」

「……」

戦争とは誰かが誰かのものを奪うもの。自分が奪い、そして奪われる。終わりのない憎しみと悲しみが生まれるところだ。

リスティル公爵家の戦公爵たちは、どんな思いで戦場に立っていたのだろう。お父様は戦っている部下のために逃げることができなかったと言った。きっと、歴代の当主たちも誰かを守るために、そこにあり続けた。

（私が家を出て……戦争を回避する）

私はこの国を出ることで、自分も含めた命を守ろうとしている。

でもよく考えたら、私が家を出た後、どうなるのだろう。ガルディアとの戦争は避けられても、結局また、どこかの国と戦うのだろうか。

（先のことまでは分からない。今は今のことを考えないと）

私が持っている力はガルディア皇帝にとっては無視できないものなのは事実だ。私がこの国に残ったら、ガルディア帝国は攻めてくるかもしれない。でも、私は家出をした後、あのガルディア皇帝から逃げることはできるのだろうか。

（あれ、結構問題だわ。このままこの家にいても詰んでいるし、この家から出たら、逃げ切れる自信がないわ）

家出項目に、あのガルディア皇帝から逃げる方法も入れなきゃならない。

思考の海に沈んでいた私は、結構自分がいろんな意味で詰んでいることに気がついた。

「……ルーシェ？　大丈夫かい？」

「ええ。お父様。戦争とは難しいわね」

「そうだな」

（いけないわ。お話を聞かないと……）

「アーネンブルク伯。アドルフ様も質問をよろしいですか？」

なんと、ラスミア殿下が声を上げた。

「なんでしょうか？」

「どうぞ？」

「国民は戦争を嫌うものか？」

「……難しい質問ですが、好きと答える人は多くはないかと……」

「私もそう思う。我がアーネンブルク伯爵領は随分と害をこうむりましたから」

正直言ってそれは私も同感だ。戦争となると多くのものが犠牲になるのだから。

「じゃあ、ガルディア帝国を好きな人はどれだけいるのだろうか」

「……これはこれは……」

「あの国と戦うとしたら、国民は反対するか？　賛成するか？」

それは難しい質問だったのか、二人とも黙り込んでしまった。

「勘違いしないでくれ、私も別に戦争をしたいわけではない。ただ、かの国は唐突に戦争を仕掛けてきたのだろう？　なら、国民を守るために、どうするのがよいのだろうか、ふと気になってしまった」

やられる前にやる、ということか。それが正しいことなのか、間違ったことなのかわからない。

「ルーシェはどう思う」

「……申し訳ありません。私には正解がわかりません」

まさか私の考えを聞いてくるとは思わなかった。私は素直に本音を言った。

ガルディア帝国がアステリア王国に戦争を仕掛けてきたのは、何もここ最近の話ではない。仲良くしたと思ったら、唐突に戦争を仕掛けてくる。

　そのたびに、多くの国民が命を落としているのだ。

（戦争は嫌い。でも、多くのものを守る立場で、何が正しいのか……。話し合いで済むならば、話し合いで終わらせたい。でも、彼らは話し合ったって、攻めてきそうだわ。こちらはどうしたらよいのかしら）

「お前の意見を聞かせてくれ。今のお前の意見だ。これから変わっても構わない」

（また、難しいことを……）

「……私は戦争が嫌いですわ。多くの兵士たちを死なせるとわかっていて、戦場に連れ出したくはありません」

　私が言える精一杯がこれだ。

「そうか」

「こんな戦公爵で申し訳ありませんわ」

（戦公爵は代わるから、安心してください）

「いや、謝るな。心優しい戦公爵は嫌いじゃない」

　私は思わずラスミア殿下の顔をまじまじと見てしまった。

「……」

「なんだ？」

「今日は、どうしてしまいましたの？」

　私は真顔で聞いてしまった。

「「ぶふっ」」

二人の大人から、耐え切れなかったように変な音が聞こえた。

「な、なんだそれは！！！」

ラスミア殿下は顔を真っ赤に染めて、怒りだした。

「あ、ご、ごめんなさい。今までにないくらいにまじめでしたので……。いや、いつもふざけているわけではないのだけど」

「ルーシェ姫、こ、これ以上は……」

「あ」

アーネンブルク伯は笑うのを我慢しているような、不思議な表情で、私を止めた。お父様はその後ろで、ぐっと親指を立てている。非常にいい笑顔だ。

「お前……」

「ご、ごめんあそばせ……」

さらに壁際では、ラルムが無音で腹を抱えて笑っていた。

⑨ラスミアの日常

ガタゴトと揺れる馬車の中で、ラスミアは外の景色を眺めていた。

ルーシェがリスティル公爵領に帰還して数日後、ラスミアはいつもの日常を過ごしていた。

＊＊＊

「ルーシェがいないとつまらないわ〜」

アイヒは頬《ほお》を膨らませて、芝生の上に寝転んでいる。

「こら、そんなことをするんじゃない。汚れるだろう？　それに、仕方ないだろ。ルーシェはリスティル公爵の長子なんだから」

「そうだけど……」

「ラスミア殿下」

護衛騎士が音もなく現れた。その顔色はどこか悪い。

「なんだ？」

「国王陛下がお呼びです」

「そうか、すぐに行く」

「ええ！　お兄様も行ってしまうの？」

アイヒは悲しそうな表情を向けた。最近、寂しがりに拍車がかかった気がする。傍仕《そばづか》えにいろいろな人物を推薦したが、結局アイヒは頷《うなず》かなかった。

(まだまだ、ヨシュアのことは吹っ切れないか)

「はあ……」

思わずため息が出た。

「ん？」

いつの間にか父上の執務室の前の廊下に来ていたのだが……。

「なんだ？」

父上の執務室の前には、逃亡防止、ごほっ、敵から国王陛下を守るため、護衛騎士が最低でも二人いる。アドルフ様の命令らしい。しかしながら、すでに五回以上逃亡されて、王宮内で鬼ごっこが展開されていたが。本日は護衛騎士がそのまま二人いるので、執務室にいるのだろう。ただ、彼らの顔色がかなり悪い。

その時、執務室の扉が開いた。

出てきたのは書類を持った文官だ。その顔色は騎士達より悪く、今にも倒れるんじゃないかと思われるほどふらふらしている。

「どうしたんだ……」

「これは、ラスミア殿下……」

「何があったんだ」

「それが、アドルフ様から手紙が届いたのですが……」

「アドルフ様から？」

「はい。ただ、陛下がそれを見るなり不機嫌になり始めて……。先ほどから悲鳴が止まりませんよ……。いつもならアドルフ様が止めに入ってくれますが、残念ながら……」

「リスティル公爵領に帰省中だな……」

正直に言うなら、入りたくはないが、呼ばれた以上は入らないわけにはいかない。

「父上、ラスミアがまいりました‼」

返事がない。

「入ります‼」

「ご武運を……」

(死ににに行くんじゃないんだから、妙なことを言うんじゃない‼)

ラスミアは執務室に踏み入れた瞬間、回れ右をしたくなった。

(怖すぎる……)

父上は笑顔だった。いつもと同じ。

しかしながら、後ろにおどろおどろしいものが立ち込めている。

「……何かありましたか？」

「どうだろう……」

「……」

沈黙が二人の間に流れる。

ラスミアは黙ったまま、国王陛下の言葉を待った。

「……とりあえず、ルーシェ姫のところに行ってみてごらん？　戦場を見ておいで」

「はい？」

それは思いもよらない返答だった。

「あの、父上？」

「十三年前、ガルディア帝国との戦争でこの国は大きな被害を受けた。正確には国境周辺一帯がな……」

「そう習いました」

一時、このアステリア王国の国力は大きく低下したとされる。

「今回はルーシェ姫を戦場跡に連れて行くだろう。ついでにお前も行ってきたらいいよ」

そう言うと、国王陛下は手紙を燃やした。

「父上、アドルフ様のお手紙にはなんと？」

どう考えても、ラスミアをリスティル公爵領に招待する、なんて内容ではないだろう。

「……お前が気にすることじゃない。お前は気にせずに準備をしなさい。この国の王になりたいなら」

「……わかりました」

そう言って踵《きびす》を返した。おそらく、手紙の内容を教えてくれることはないだろう。

「ラスミア」

「はい」

「もしかしたら、面白い出会いはあるかもね」

国王陛下の鋭い瞳《ひとみ》がラスミアを射抜いた。

「……面白い出会いですか？」

「多分ね……。さあ、行きなさい」

父上はそう言うといつものように穏やかに笑った。

＊＊＊

ラスミアが出て行った部屋で、国王陛下は天井を見上げた。この執務室は、この部屋全体が芸術品のような造りになっている。幼い頃は、ここに座るのはきっと姉だと思っていた。

「あれから十三年……」

失ったものの大きさは、今でも忘れられない。

＊＊＊

自室に戻ってから数分後。

「お兄様⁉　お兄様もルーシェのところに行ってしまうの⁉」

話を聞きつけたアイヒが、部屋に飛び込んできた。

「どこから聞きつけてくるんだ？」

まだ、父上の部屋から戻ってきてそんなに時間は経《た》っていない。

「内緒ですわ！　それよりも……」

「ああ。父上から命じられたからな」

「ずるいわ、お兄様！」

「仕方ないだろう？　別に遊びに行くわけじゃないんだ」

「でも……」

「お前はだめだからな」

「むうう」

アイヒはかわいらしく頰を膨らませて何も言わなくなった。

「……はあい。ルーシェによろしくお伝えくださいませ」

そう言って、綺麗《きれい》なお辞儀をした。

「ああ」

「あ、そうだわ」

「どうしたんだ？」

「ルーシェに青いカツラをお土産にお願いしましたの。ルーシェにお伝えくださいませ」

「……なんで青いカツラなんだ」

「別に今度使ってみようと思っただけですわ。まあ、カード占いでのラッキーカラーが青だったからというのもありますけどね」

「なんだ？　今度は占いにハマったのか？」

「ええ。この前見た演劇が占いに関してでしたの。お兄様もやります？」

占いというのもよくわからないし、なんでカツラを選択するのかなど、いろいろと言いたいことがあったが、もう何も言わないことにした。

「いや、遠慮する。……ここは任せるぞ、アイヒ」

「かしこまりましたわ」

その数時間後、ラスミアはアステリア王国王都を立ち、リスティル公爵領に向かった。

＊＊＊

十三年前の戦争の話は王位継承者として大体のことは聞いていた。何が起こって、父上が国王になったのかも。

「ルーシェは元気にしているだろうか……」

まあ、ルーシェのことだ。自分でいろいろと好きなことをして楽しんでいるのだろう。

リスティル公爵領に着いたとき、王都に劣らない街の活気に驚いた。いや、もしかしたら、王都をしのぐかもしれないと思った。

『リスティル公爵家』、王族に劣らない財力と国民からの人気を誇る最強の武の一族。その力の一端を垣間見た気がした。

『彼らはとても誇り高い。彼らが従ってくれることが当然と思ってはいけない。彼らに誇れる主であれ』

生まれた時から、そう言われ続けた。そして、そうであろうと努力した。そもそも、当たり前のことだからと、努力し続けたが、なぜそのようなことを言われ続けたのか、わかる気がした。

彼らはこの国を取ろうと思えば、きっと取れるのだ。

握りしめた手から汗がジワリと出る感覚がした。

「……」

リスティル公爵邸に着いたものの、全員に驚かれた。

(やはり、父上のことだから、返事は出していないと思ったけど……。タイミングがずれていたら、来た意味がなくなっていたんだが!?)

久しぶりにルーシェに会った時、顔色が悪かったことはさておき、雰囲気自体が少し変わっていた気がした。

(言葉にするのは難しいが……。被災地を目の前にしてもルーシェはもっとひょうひょうとしていそうだと思っていた……)

戦争に関してどう思うと聞いた時、かなり言葉に詰まっていた。

『……申し訳ありません。私には正解がわかりません』

『……私は戦争が嫌いですわ。多くの兵士たちを死なせるとわかっていて、戦場に連れ出したくはありません』

その回答を聞いたとき、少し笑いそうになった。国民を守るためには、ガルディア帝国に攻め入るべきだと言われたとしてもそれでもよかった。でも、嬉《うれ》しかった。『戦公爵』の名を引き継ぐであろうルーシェから、戦争が嫌いだと言われて、聞いてよかったと、そう思った。

きっとこの先、色々ある中で、答えは変わる。それでいいと思う。正解のない問題に、これから立ち向かっていかなければならないのは宿命だ。いつだって正解かどうかは蓋《ふた》を開けてみないとわからないのだ。色々と悩み、考えながら、きっとこれから生きていくのだ。

と、しんみり思っていたら、最後の最後に馬鹿にされ、さっきまでの感傷を返してほしくなったのはここだけの話だ。

⑩　親を亡くした子ども達

「今日はありがとうございました」

私とラスミア殿下はアーネンブルク伯爵にお礼を言うと、病室を後にした。

（なんだか、急に疲れがきたわ）

なんだかんだ言いつつ、重たい会話をしたのだ。体も頭もこわばっていたのだろう。

「二人とも疲れたろう。早く屋敷に戻ろうか」

「そうしましょう、お父様」

「はい」

病院の玄関に向かっていた時だ。

元気な子どもの声が聞こえた。

「あ、ルーシェ様だ‼」

「はい？」

声がした方を見るとたくさんの子ども達がわらわらと私たちを囲った。私より年上や、小さな子どももいる。

（ええ⁉）

「ルーシェ様だ！」

「アドルフ様だ！」

子どもたちのあまりの素早さに周りにいた護衛たちもあたふたしている。

「きゃあ！　金髪の王子様みたいな人もいる！」

女の子たちから可愛《かわい》らしい悲鳴が聞こえる。さすがラスミア殿下、その容姿でばっちりと女の子たちの心をつかんでいる。

（王子様みたいじゃなくて、本物の王子様ですけどね）

「ルーシェ様、花飾りをあげる‼」

一人の女の子がそう言うと、私の頭に花飾りをのせた。

「あ、ありがとう」

その他《ほか》にも、ルーシェ様、これ作ったの、と次から次にいろいろなものを渡されていく。

（あわあわあわ）

お父様やラスミア殿下に助けを求めようとしたが、二人も二人でいろいろと対応に追われていた。

「綺麗なお姫様はどこから来たの？」

「王都から来たのよ」

「ねえねえ、王都にはおいしいものがいっぱいあるの⁉」

ポチャッとした男の子が、聞いてきた。

「そうねえ……」

「こら！　お姫様にそんなこと聞かない！」

「まあまあ……」

ラスミア殿下に至っては、女の子達から、「どこから来たの？　どこの家の子？」と聞かれて、返答に困っていた。

「も、申し訳ありません。公爵様！」

顔を真っ青にして、眼鏡をかけた壮年の男性が謝ってくる。子どもたちは先生たちの心をつゆ知らず、「バイバーイ」とのんきに手を振って帰っていった。

「いや。元気な子どもたちで何よりだ」

私達はとにかくもみくちゃにされた。なんでも、近くにある養護施設の子ども達で、私達が来るということを知って、見に来たらしい。私たちのボロボロ具合に他の先生たちも顔を青ざめている。

「ルーシェ様も、貴族のお坊ちゃまも、お怪我《けが》はありませんか!?」

「ありませんわ。大丈夫です」

「問題ない。気にしないでくれ」

(そうそう、元気な証拠だわ)

「なんだか、色々ともらったけど、良いのかしら？」

「ええ。皆自分が今あげられるものを持ってきたんですよ」

「ええ!?　なら、なおさらだめじゃない」

「よいのですよ」

「じゃあ、もらいますけど」

そこまで言われるともうどうしようもない。

「みんな、養護施設を造ってくれたリスティル公爵家が大好きなのですよ」

「あの子達は……」

「ガルディア帝国との戦争で親を亡くしたり、他の戦争で、親元で暮らすことができなくなった子ども達です」

「戦争で」

あんなにもみんな笑顔なのに、とても悲しい思いをして、今ここにいるのだ。

「あのような子どもたちがこれ以上増えないことを望みますよ……。おっと、申し訳ない。命がけで戦ってくれているリスティル公爵家には、私達はもちろん、国民すべてが感謝しておりますよ」

「わかっているよ。このような子どもたちをこれ以上出さないために、あらゆる手を尽くしている」

お父様はそう答えた。

戦争をしたくないのに、戦争を仕掛けられたら国を守るために戦わなくてはならない。その結果死者が出て、子どもたちが路頭に迷う。とても悪循環だ。

（すべてを解決する魔法のようなものは存在しないわね。戦争をしないために、できること……）

少し考えてみよう、そう思った。

第三章

① ラルムと私

『ゴウエン隊長』

ラルムがとても悲しそうな、泣きそうな表情で、ゴウエンを見ている。

ゴウエンは何も言わずに、剣を振り上げた。ラルムはあきらめたかのように、目を閉じた。

『やめて‼』

私はとっさに叫んだ。

しかし何かがトンと転がり、後に広がるのは、血だまりだった。

＊＊＊

バッ。

私はベッドの上で飛び起きた。

「……久しぶりに夢を視たわね」

しかも、あまりよろしくない夢だわ。

外を見ると、まだ星がキラキラ輝いていて、完全に真夜中である。

「寝よう……」

再びベッドの中に舞い戻ったが、完全に目が冴《さ》えてしまった。

(今の夢、なんなのかしら。完全にゴウエンがラルムを斬《き》ろうとしていたわ。どうして……)

内容があまりにもひどいものだったため、頭がついてこない。

(しかたないわ、外の景色でも見よう)

私はベッドから起き上がると、バルコニーに続くドアを開けた。

真夜中のため、月明かりが頼りだ。

「……さっきの夢」

あれは間違いなく先視だ。となればあの状況が起こることは決定事項。

でも、ゴウエンもラルムもとても仲が良い。そもそも、ラルムはもともと親を亡くした子どもで、それをゴウエンが見つけて養ったと聞いている。絆《きずな》はきっと強いだろう。

それがどうして　ゴウエンがラルムを殺すことになっているのか……。

「はあ……」

「あれ、姫様?」

突然かけられた声に私は体をすくめた。

「ラ、ラルム?」

私の前にラルムが上から降ってきた。

「どうしたの、姫様。こんな夜更けに……」

「ええ、まあ……」

（あなたが殺される夢を見ました、なんて言えないわね）

私は顔が引きつりそうになったが、何とか我慢した。

「ああ、わかった。怖い夢を見たんでしょ」

「……そ、そうね」

（怖い夢、ある意味で当たっているわね）

「へえ～」

まじまじと顔を覗《のぞ》かれた。

「な、なんですか」

「大人びているなあ、と思ったけど、まだまだ子どもだねえ」

その顔に少しばかりむっとした。

「私は子どもですもの。あなたこそ、上で何をしていますの」

「見張りだよ。やっぱり上からじゃないとわからないからねえ」

意外とまともな理由に言葉に詰まった。

「……そう、落ちないように気を付けなさい。ゴウエンが悲しむわよ」

私はさりげなくゴウエンの名前を出してみた。

「ゴウエン隊長かあ……」

「？」

どことなく歯切れが悪い。

（え？　もう何か起こっているの⁉）

「何かあったの？」

「いや、何もないよ」

「嘘《うそ》おっしゃい、そんな顔をして。いいから言いなさいな」

私はラルムに詰めよっていく。私の剣幕に押されたのか、ラルムが一歩引いた。

「……最近、色々考えてしまうんだよね。ちゃんと役に立っているのかなあって」

ラルムはバルコニーに座り込むと、話し始めた。

「役に立つ……」

「前に拾われたって言ったよね。俺は恩返しをしたいんだ。あの人の役に立ちたいんだよ。……なのに、迷ってばっかだ」

「ラルム……」

「俺は何なのかなあ……」

「そう思うことが、何かあったのね」

「まあね」

「……」

私は考え込んだ。こういう時は、下手に励ましても、きっと意味がない。ならば……。

私はラルムの前に立つと。

「ひ、ひめひゃま⁉」

その頰《ほお》を両手でぎゅーと挟み込んだ。整った顔が変形して何だか笑えてきてしまう。

「ぷ。面白い顔ね」

「ひ、ひどいよ……」

ラルムを解放すると、「ひーっ」と言って、頬を押さえている。

「あなたが納得するようなことは言えないわ。でもね、ラルム。あなたがゴウエンの役に立とうとしているなら、それはきっと届いている」

「……姫様」

「私は子どもだもの。難しいことは分からないけど、迷っていいじゃない。迷ったら助けてもらっていいじゃない。ゴウエンは別に役に立ってほしいから、あなたを養ったわけじゃないわよ」

(うーん。全然うまく言えないわ)

「姫様ってさ……」

「なによ」

「やさしいよね」

「何それ……」

どういう意味？　とばかりにもう一回頬を挟み込もうとしたら、避《よ》けられた。

「いやいや。……姫様のもとにいられたら、毎日が、とても楽しそうだなあと思ってね」

「ちょっとそれ……」

「馬鹿にしてない？」と言おうとしたが、ラルムのあまりにもうれしそうな笑みに固まってしまった。

「そんなに言うなら、私の……」

部下になればよいじゃない、なんて言いかけてしまってやめた。この国を出て行く私が、そんな

無責任なことを言えない。

「何？」

「何でもないわ。あなたが好きなようにしたらいいわ。どうするかは本人の自由よ」

（でも、この感じじゃ、まだ何か起こっているわけではなさそうね。いったいなんで、あんな夢を視たのかしら？）

「ラルム、あなたそれ以外に……」

「姫様、話を聞いてもらっていてなんだけど、さすがにもう寝なよ。明日話そうよ」

「……そ、それもそうね」

よく考えたら、まだ夜中なのだ。明日話しても遅くないだろう。

「でも、眠くないのよね……」

「布団に入ったらすぐ眠くなるよ。まだ、子どもだもん。さあ、お部屋に戻ろう」

そう促されて、私は部屋に入った。

「姫様が寝るまで傍《そば》にいるからさあ。怖い夢はもう見ないよ」

「そう、ありがとう……」

（寝られるのかしら……）

布団に入ったものの、目はやはり冴えている。

「姫様」

「ラルム？　何？」

突然、ラルムが私の視界を手で覆ったのだ。視界が闇に包まれる。ラルムの手はほのかに温かく、じんわりと伝わる。
（眠い……）
そのまま意識が遠のいた。

②ルカ、怒る

「お……じょう……ま、おじょ……ま……」

(ん〜。眠い……だ、れ……)

「ん……」

誰《だれ》かに体をゆすられて、私は眠たいと訴える頭を覚醒《かくせい》させた。

「お嬢様……」

「ルカ……?」

ルカが私の体を揺らしていたのだ。

「お嬢様」

「ルカ?」

ルカの表情の変わらない顔はいつものこととして、どうにも雰囲気がよろしくない。おどろおどろしいものが後ろから見える気がする。

「ど、どうしたの?」

わけもわからずに、そう伝えるとルカは珍しく眉間《みけん》にしわを寄せた。

「お嬢様、昨夜、何があったのです?」

「え?」

その時、廊下が騒がしくなった。

「姫様、助けてくれ！！！」

「ラ、ラルム？」

扉をふっとばさんばかりの勢いで転がり込んできたのはラルムだった。

「姫様‼」

ラルムが私に駆け寄ろうとした時だ。

ガシッとラルムの首根っこをひっつかんだ手があった。

「ラルム！！！」

悪魔のような声と共に私の部屋に入ってきたのは、なんとお父様だった。

「お、お父様……」

お父様の背後にもどろどろとした何かが見えた。

「ルーシェ、おはよう」

ニコリ。

笑顔を向けられたが、とんでもなく恐ろしい。

「お、おはようございます。いったいどうされたのです。ラルムをひっつかんで……」

「ルーシェ」

「は、はい」

お父様があまりにも真剣な顔で私の名前を呼ぶので、私は思わず背筋をただした。

「この男に何をされたんだい。言いなさい」

「ええ？」

（一体どういうことかしら）

「お、お父様？　どうされたの？」

お父様が突然涙目になって、雄たけびを上げ始めた。

「ルーシェ、なんでこの男がルーシェの部屋にいたんだあああああ‼」

「しかも、手まで握ってたあああああ！！！　ああああああああ！！！！」

そして、私のところに震えながらやってきて、私を抱きしめた。

私はわけがわからず、ラルムを見返した。

「……」

ラルムは顔をひきつらせて笑っていた。

私はなんとなく話が読めてきた。

「お父様、私が昨夜悪夢を見ましたの。ラルムはそれで、ずっと一緒にいてくれたのですわ。それだけよ」

「ほ、本当かい⁉」

お父様はその整った顔を残念になるくらいにぐちゃぐちゃにしている。

「だから言ったじゃないですか！　誰も信じてくれないし‼」

ラルムが心底心外であるといったふうに叫んだ。

「やかましい！」

ただの子どものケンカである。

「もう。お父様ったら……」

私は頭が痛くなりそうだった。

「では、もうよろしいわね？」

「ああ。ラルムはこっちに来い。ルーシェ、また後でね」

そう言うと、お父様はラルムを引きずって、部屋を出て行った。

「なんで俺は引きずられているんだあああああ！！！」と、悲痛な叫びが聞こえたが、なんでだろうね。頑張ってね。

「お嬢様……」

「なあに？」

ルカの無表情が少しばかり、沈んでいるように見える。

「……どうして私を呼んでくれないのです？」

「……ルカ、あなた、拗《す》ねているの？」

そう言うとルカは、少しだけ目を逸らした。

(これは拗ねているわね……)

「ごめんね、ルカ。ちょうどいいところにラルムがいたものだから。今度からあなたを呼ぶから……。機嫌を直してちょうだい」

「……絶対ですよ」

「ええ。もちろんよ」

私はそう言うと、ルカの手を握った。ルカはそれで満足したようなので、とりあえずよかった。

＊＊＊

その夜、全員が寝静まった中、ルカは厨房《ちゅうぼう》に行くと、ケーキを作り始めた。

「……」

無言でボールに入った生地をかき混ぜる。

（あの男……）

生地をかき混ぜる手が速くなった。

（お嬢様に触れて……）

お嬢様を起こしに部屋に入った瞬間、本気で殺してやろうかと思ったが、旦那《だんな》様の部下であるということで何とか踏みとどまったのだ。

お嬢様は、リスティル公爵領に入られて、少し雰囲気が変わられた。何がどうと言うわけではないが、大人びたような気がする。

（顔色が悪い……）

最近、透けるような白い肌に暗い影が落ちていた。ガルディア帝国からの求婚の件からだ。慰霊に行ってからは、さらに思い悩むことも増えているようだ。

（何かできることがあればよいのだが……）

昔から、聡明《そうめい》な方だった。お嬢様と同じ年ごろの子どもが、普通はどのように振る舞うものなのかわからないが、グレン公子を見ている限り、お嬢様はかなり落ち着いてらっしゃる。それでも、子どもらしいところもあるから、油断できないときもあるが。

自分とは違い優しいお嬢様だ。血塗られた道など歩んでほしくない、綺麗《きれい》なお姫様。でも、リスティル公爵家の長子である限りそれは許されない。アステリア王国防衛のことはきっとこれから先、お嬢様の心に影を落とし続ける。代わって差し上げることはできない。

ただ、ガルディア皇帝の求婚の件は別だ。

あの夜会の時に出会った、ガルディア皇帝には殺意しかない。いくら奥様の弟であったとしても、ガルディア皇帝である時点で敵だ。

お嬢様はあいつのせいで、ヨシュアの件で一時意識不明になった。あの時の感覚はもう思い出したくない。失うかと思ったあの時の感覚は、もう二度とご免である。

ルカはぎゅっと拳《こぶし》を握りしめた。

(殺せばよかった……)

あれがガルディア皇帝本人だとはじめからわかっていたら、お嬢様に触れた瞬間、すぐにでも殺したというのに。

挙句の果てに、お嬢様にキスするなど……。

(お嬢様がいつか手の届かないところに行ってしまうのはわかっていた。でもそれは、あのようなものに渡すためじゃない‼)

いつか、お嬢様のことを一番に考えてくれる人に出会って、それで……。そしたら、自分は役目を終える。影に戻る。

(それで構わない。それまでは絶対に守ってみせる……)

ルカはボールの生地を型に入れると、そのままいい温度になった窯《かま》に突っ込んだ。

③ゴウエンの思い

皆様、ごきげんよう。私はルーシェ・リナ・リスティルですわ。

「昨日は災難だったわね、ラルム」

私はルカが焼いてくれたケーキを食べながら、解放されたラルムを迎え入れた。

「全くだよ、姫様。誰も信じてくれないんだぜ？」

ラルムは酷《ひど》くないか？　と言って、ふくれっ面をしていた。

「しかし、アドルフ様もおっかないけど、ルカの方が怖すぎる。何なのあの子？　すごい睨《にら》みつけられているんだけど」

「ルカ？　私の従者よ。なんでもできてすごいのよ」

「従者って……。あれが従者って言葉で片付けられるとは到底思えないんだけど……」

「まあ、ルカはすごいわよねえ」

「わかってないよね⁉　すごい目にあったんだよ⁉」

ラルムは涙目で私に訴えてくる。本当にひどい目にあったようだ。

「まあまあ……。で？　結局、ゴウエンと何があったのよ」

「最近ちょっと疲れているのか、何かに悩まれている風でね。でも、どうしたのかと聞いても何でもないの一点張りだしさあ……」

（まさか、ラルムがあまりにもしつこいから、何も言わないとかじゃないわよね……。いやいや、ないない）

さすがにそれはあり得ないと首を振った。

「いつからなの？」

「んー。姫様達が王都から来る前から。でも、例の姫様の件の後からもっと厳しくなったけど……」

「私達が来る前ねえ……。さすがに私はわからないわ」

そこまでくるとわからない。そもそも、私はその悩んでいるゴウエンを見ていないのだ。まあ、私の求婚の件も含まれていると思うが、それはゴウエンが悩んでも仕方ないことだと思う。

「だよねえ……」

二人で悶々《もんもん》とする。

「もういいわ、私が聞く」

私はこのいつまでたっても進展しない状況に嫌気がさして、ゴウエンにはっきり聞くことにした。

「ええ⁉」

「気になるのでしょう？　わからないものを考え続けても意味はないし、わからないままだわ。行動あるのみよ！」

「姫様って、すごく行動派だよね。惚《ほ》れちゃいそう」

「何言っているの？　仕方ないじゃない、じっとしていても事態は動かないのよ？」

「答えてくれるかなあ？」

ラルムは心配そうに私を見つめる。

「知らないけど、やるだけやるわ。ここで悶々としてても、らちが明かないんだから。案外、私になら答えてくれるかもしれないし」

「そうだねえ……。ごめんねえ、姫様」

「よろしくてよ」

＊＊＊

私とラルムがゴウエンを捜していると、その後ろ姿が目に入った。ラルムは茂みに隠れる。

「ゴウエン！」

私はゴウエンを呼び止めた。

「おや、姫様……」

私に気が付いたゴウエンは歩みを止めて振り返った。

「ごきげんよう」

にっこりと笑った。

「ルーシェ様。どうされました？　グレン様やラスミア殿下なら……」

「ゴウエン、ちょっと聞きたいことがありますの」

「なんですかな？」

「最近、顔つきが険しくて何かに悩んでいるみたいじゃない？　どうしましたの？」

私は超直球をゴウエンに投げつけた。「姫様⁉」とラルムが叫んでいるのが聞こえた気がしたが、気のせいだ。出てくるんじゃないわよ⁉

私の超剛速球に、ゴウエンもたじたじである。

「そ、そうですか？　気のせい――」

「この期に及んで、気のせい、なんて言葉を聞きたいわけじゃないのよ？　あのラルムが私みたいな子どもに相談するくらいなの。かなり気にしているわ」

「ラルムが……」

ゴウエンは驚いた顔をしている。

「あなたのことを大切に思っているのだから、何とかしてあげて」

「……ルーシェ様にはご迷惑を……」

「私のことは気にしなくていいの。あなたには私の件で、随分と迷惑をかけているのだから……」

「迷惑なんてそんなことはありません」

「ありがとう。で、何に困っているの？　あ、言えないなら、言わなくていいから」

本当は聞いた方がよいのだろうが、あまり深入りしても嫌がられるだろう。あくまでも、話してくれるなら聞くよ、スタイルだ。

「いえ、大丈夫です。……そんなに深い理由ではないんです。先日、十三年前の戦争の慰霊碑に行きましたよね」

「ええ」

「実を言うと、あそこに行ったのは初めてなんです」

「え……」

あそこは墓標のようなものだ。そこに行ったのが初めてだなんて……。

「妻と娘の遺体は戻ってきませんでした。いや、正確に言うと、炭になって、誰《だれ》が誰だか分からなかったんです」

「……」

そういえば、ガルディア帝国の兵器で、あたり一面が消し炭になったって……。

「私は妻と娘を失いましたが、結局遺体を目にすることはありませんでした。だからでしょうか。あそこに行く気にはなれなかった。ただ、ルーシェ様たちが王都からいらっしゃると聞いて、そろそろ踏ん切りをつけなければならないと思ったんです。ただ、心の葛藤《かっとう》はありました。ラルムに見抜かれるとは、私もまだまだですな」

ゴウエンは自嘲《じちょう》気味に言った。

「そう、だったのね……。つらいことを言わせましたわね」

「いいえ。ラルムにも心配を掛けました」

「本当に、戦争とは嫌なものですわ」

私はボソッとつぶやいた。

「戦争は、嫌いだとおっしゃっていましたね」

「……人が死にますもの。できれば避けていたいわ」

自分自身が人を殺すということや、人に殺せと命令すること、私にはきっとそれらができないと思う。

「お優しいことです……」

その時のゴウエンの表情の意味するものはうかがい知れなかった。

「ゴウエン、何で悩んでいるのか、ラルムにちゃんと伝えるのよ」

「はい。伝えます」

「じゃあ、今からね」

「はい？」

ゴウエンは戸惑った顔を私に向けた。

「ラルム⁉　出てらっしゃい‼」

私は近くの茂みに向かって叫んだ。

「……」

反応なし。

「ラルム‼」

反応なし。

「ふふふ。……いいわ。引きずり出してあげる」

私は茂みの中に手を突っ込む。

手ごたえ、あり。

「ええ⁉　姫様あああ⁉」

ラルムの首根っこをひっつかむと引っ張り出した。

「ほら、早く出てくるの‼」

往生際が悪かったが、最後、活を入れるつもりで背中を叩《たた》いた（殴った）ら、おとなしくなった。

私はラルムをゴウエンの前に立たせた。

「とっととお話ししなさい‼」

色々と省略するが、何とかなった模様だ。ゴウエンがラルムの頭撫《な》でてるし。

ラルムがゴウエンのことを心配しているだけだったしね。

（この感じだとラルムとゴウエンの仲は悪くなさそうだけど……。あの夢は何なのかしら）

「ゴウエン？　それ以外に何か困っていることはないの？　ラルムのイタズラ以外だけど」

「それ以外と言われると困りますね」

あまりの真顔具合に、私は噴き出した。

「ひどくないですか⁉」

ゴウエンの言い様にラルムはショックを受けたようだ。

「ふふふ」

そのコントのような様子に笑ってしまった。

「姫様‼　笑わないでくださいよ‼」

「ごめんなさい……。ああ、面白い。……あら、ラスミア殿下たちだわ」

私は視界の先に、ラスミア殿下やグレン、ユアンお兄様、ユーリ君を見つけた。

彼らも、私達を見つけたようで、微笑《ほほえ》んで手を振ってくれる。

「あら、みんな剣を持っているわね。剣の稽古《けいこ》でもするのかしら？」

「あねうえ様！」

そんなことを言っていると、グレンが走って私たちのもとにやってきた。

「あら、グレン。走ったらコケるわよ」

「やあ、ルーシェ。ゴウエンも」

ユアンお兄様は相変わらずの優雅な微笑みを見せてこちらに来た。

「ユアンお兄様、ラスミア殿下たちと剣の稽古でもしていたの？」

ラスミア殿下、勉強はどうしたのだ。

「ああ、せっかくお会いできたから。せっかくだし、ルーシェも手合わせやろうよ」

ユアンお兄様は名案だとばかりに面白そうに笑った。絶対楽しんでいる。

「ええ？　それはご遠慮しますわ」

（今はそんな気分ではないわ）

「ええ。姫様の戦っている姿見たいよ」

「ラルム⁉」

なんてことを言うのだ。

「そうだぞ、ルーシェ、やるぞ」

そう言ってきたのはラスミア殿下だった。

（いや、あなたこそ何を言っていますの⁉）

「俺も強くなった。頼む、戦ってくれ」

まさかの、ラスミア殿下が頭を下げた。

（えええええええええええ！！！）

私は平気な顔をしたつもりだが、心の中では絶叫している。

(あのラスミア殿下が頭を下げたあああああ！！！？？？)

かなり失礼なことを内心思ったが、ここまでさせているのに、やらないなんて言えます？　いや、言えないわ。全員の視線が痛いしね……。

「……わかりましたわ。やりましょう。ただし、着替えさせてくださいね？」

前回みたいに足の皮がむけるのはごめんである。真剣にやったろうやないか。

「わかった。待っている」

「では後ほど」

私は重い足取りで自室に向かった。

＊＊＊

私はきっちり練習着を着た。私の練習着は青を基調とした、軍人が着るようなものである。ひざ丈までの上着に、ぴっちりした黒いズボンとブーツをはくと、私は再び庭に向かった。邪魔になる髪はしっかり結ぶ。

「お待たせしましたわ」

私が庭に戻ると、ゴウエンとユアンお兄様が戦っていた。だが、さすがに大人と子ども、ゴウエンの方が優勢だ。

(ユアンお兄様、強いわね)

無駄のない動きはとても優雅だ。

私が来たことに気が付いた二人は剣を止めた。

「なんというか、本当にエイダ様にそっくりですね」

ゴウエンは目を見開いていた。

「よく言われますわね」

ついでにお決まりのパターンは、「性格は似ていなくてよかった」である。

「来たな、ルーシェ」

「ええ、よろしくお願いしますわ」

私は渡された模擬剣を持って、構えた。

神経を研ぎ澄ませるのは、嫌いじゃない。

(悪いけど、負ける気はないわ)

動いたのは同時だった。

剣が競り合う音が幾度となく響く。

(確かに、強くなっているわ。力も強くなった。ならば……)

私はラスミア殿下が力任せに押してくる剣を振り払った。ラスミア殿下は前のめりになったが、なんと体を回転させて、剣を下から振り上げてきた。

(うそでしょ⁉)

私はそれを防ごうと、しゃがみこんで、目の前にあるラスミア殿下の手にある剣を、足で蹴《け》り上げた。

キンッ。

「あ」

剣はくるくると円を描き、後ろに刺さった。

(うわー。やっちゃったわ。勝ったけど、なんか締まらない勝ち方だわ)

「ははははは！！！！　ルーシェ、君、最後のは傑作だよ‼」

ユアンお兄様は大爆笑した。

④ 呼ばれる

皆様、ごきげんよう。私はルーシェ・リナ・リスティルですわ。また似たような夢を見る羽目になった。

（内容が変わってないわ。つまり、先日のことでは解決していない。あの二人の間に何があったのよ……）

「もう……」

少しばかり寝不足である。

「むー」

背伸びをして、体の筋を伸ばす。

「お嬢様、おはようございます」

ノックと共に入ってきたのはルカだ。

「うん。おはよう」

「お嬢様、大丈夫ですか？　だいぶ眠そうですよ」

「問題ないわよ」

「眠気覚ましのお茶をお入れしますよ」

「お願い。それより、そろそろ子どもたちからもらった花冠をどうにかしないといけないわねえ……」

私は机の上に置かれた花冠に目を向けた。やはり生花はすぐに枯れてしまう。もう、枯れて花がしわしわになっていた。

「そうですね。さすがに生花ばかりはどうしようもなかったですから……」

ルカは捨てるという言葉は使わなかったが、これぱかりは仕方ない。

私はしおれた花冠を持ち上げた。本当に綺麗《きれい》に編み込まれてよくできていたと思う。

その時だった。

(あれ?)

花冠を持つ手から、不思議な感触がした。

(紙?)

編み込まれた茎に絡みつくように細い紙がはさまれていた。

私はルカにばれないようにこそっと紙を抜き取った。そしてルカにしおれた花冠を渡した。

「よろしくね」

「ちゃんと肥料にします」

「そう……。よろしく」

(なんで肥料……。まあ、いいわ。)

＊＊＊

私は朝食を済ませた後、こそっとその紙を開いた。

「っ‼」

私は叫びそうになった口を何とか閉じた。

(危なかった……)

そこには達筆で、こう書かれていた。


邪魔が入らないところで、一度、話がしたい。満月の日十六時、アーネンブルク伯爵領の慰霊碑で待つ。来なかったら、あなたの大切なものが、一人ずつ消えていく。


誰が書いたものか、すぐにわかった。疑いようがなかった。

なぜこれが花冠の中に編み込まれているのか、非常に気になるところだ。気味が悪い。これをくれた子どもは、なんだったのだろうか。

(話をしたい、ね。脅し文句までつけてくれて……。ご苦労なことだわ!)

普通この状況で行くのはおバカのすることだろう。お父様にすぐにでも相談して……。

(いや、一人ずつ消えていくというのは、事実だわ)

ガルディア皇帝はそれくらい平気でする男だ。

「……」

婚姻の答えを出すまでに一か月の猶予が与えられた。しかしそれももうほんのわずかな時しか残されていない。お父様は私には何も言わなかった。

（正直、どうなるのか読めないわ）

お父様は私にとてもやさしいけど、それを天秤《てんびん》にかけたときに戦公爵として、何を選ぶだろう。

普通は王女が嫁ぐものだけど、ガルディア帝国は私を望んでいるわけだものね。

「……」

もし私があの国に嫁いだら、未来は変わるのだろうか。そもそも私は、あの残酷な未来を変えるために家出を考えているのだ。だとしたら、私がガルディア帝国に嫁げば、それで未来が変わったことになるのではないか。ガルディア帝国では私の力はきっと貴重なものだ。だとしたら殺されはしないだろう。

（何より……）

『じゃあ、この世界にいる自分に、力に違和感を覚えたことはないの？』

あの言葉に私は詰まってしまった。

思い当たることはあるのだ。

ただ、前にイリシャはこう言っていた。

『そなたは前の世で死に、魂は輪廻《りんね》を巡り、ここに新たに生を受けた。まぎれもなくこの世界の理《ことわり》に生きている。正しい流れの中にいる』

『そなたはその力を気にしているが、別に異端ではない。古代には先読みの巫女《みこ》たちが確かに存在した。そなたが今、その力を持っているのはこの世界の理が、必要と思ったからだろう。異界の記憶も同じだ』

ならば、違和感があったとしても、問題ないと思っていたけど……。

とか？）

（ガルディア皇帝も私と同じで、何か違和感を覚えている？　私と同じ、前世の記憶を持っているとか？）

分からないことが多すぎる以上、一度、会ってみるというのは必要な気がした。彼が何を考えているのか、知りたい。

会うか、会わないか。究極の選択だ。

「これ私がいつ見るかわからないじゃない……。どうするのよ。……え、ちょっと待って、満月の日って、今日じゃない‼」

よく考えたら今日は満月の日だ。考えている時間がない。

「ああ、もう‼」

私はパチンと頰《ほお》を叩《たた》いた。

（このままだと、ただ思考が空回りだわ……。もう、行動あるのみ‼）

私は部屋を飛び出した。

＊＊＊

「お嬢様？」

私が部屋から飛び出ると、ルカとぶつかってしまった。

「ごめんなさい、ルカ‼」

私は謝罪もそこそこに駆け出す。

「お嬢様、どちらへ？」

「内緒‼　そうだ、ルカ！」

私は一度止まると、ルカを振り返った。

「はい？」

「また、あとでね」

ちゃんと戻ってくるから、許してね。

私は屋敷の外に飛び出した。

⑤ルーシェ、真実を知る

「手紙ではここだけど……」

アーネンブルク伯爵領慰霊碑の前。

私は乗ってきた馬から降りて、息を整えた。

周りに人はいなかった。風が吹くだけの誰《だれ》もいない場所は、わずかながら不気味だった。

「十六時に、なる」

しかし、何も起こらなかった。

「え？　今日は満月の日よね？　私、間違えた？」

いや、きちんと確認した。間違ったでは済まない。

「どういうこと……」

そう呟《つぶや》いた時だった。

ふいに背後が暗くなった。

「えっ⁉」

体が飛びのいたのは本当に反射的だった。あのままあそこに立っていたら、私はきっと死んでいた。

「いっ……」

しかし完全に避《よ》けることはできなかった。わずかながら、剣の切っ先が腕に当たったようで血が流れ出る。

「あなた……。どうして……」

私は呆然《ぼうぜん》として呟いた。

そこに立っていたのは、ガルディア皇帝ではなかった。

「ゴウエン……」

怖い顔ながらも、ニカッと笑いかけてくれていたゴウエンが、冷めきった眼《め》をして立っていた。

（私を連れ戻しに来たとか、そういうわけではなさそうね）

私は血が出ている部分を押さえた。

「ゴウエン、あなたどうしてこんなことを？」

（一瞬、ガルディア皇帝に操られているのかと思ったけど、嫌な感じもない）

「ゴウエン……」

ゴウエンは何も言わない。

「ルーシェ様、あなたにはここで、死んでいただきます」

「何を、言っているの……」

私の目の前にいるのは、もはや私の知るゴウエンではなかった。鋭い切っ先を私に向けた。

「そもそも、どうしてここにいるの。ここには……」

「ガルディア皇帝が、来るはず、ですか？」

「どうして……」

「申し訳ないですが、それはあり得ません。なぜなら、あれを書いたのは私だからです」

ゴウエンが語ったことはにわかには信じ難いことだった。

「なんですって⁉」

「あなたを呼び出すために」

「私を呼び出すため？　……どうしてこんなことを？」

それが聞きたかった。おばあ様の代から仕えてくれている彼がどうして私に剣を向けるのか。

「私の望みのためです」

「え？」

それは予期せぬ答えだった。

「私の家族が、ガルディア帝国との戦争で死んだことはご存知ですよね」

「ええ。娘さんのお腹《なか》の中には、お孫さんもいたと……」

「戦争で人が死ぬのは必然です。でも……」

そう言うと、ぎゅっと手を握りしめた。

「納得などできはしない！　なぜ、あの子らが死ななければならなかった⁉　もう少しで、幸せになれたのに‼」

悲しい、慟哭《どうこく》だった。

「そのうえで、あなたとの婚姻だと⁉　ふざけるな！　そのようなことは絶対させない。……あなたには申し訳なく思っております。私の勝手な都合に巻き込んでいる」

「……」

（復讐《ふくしゅう》したいんだ。自分の大切なものを奪った、あのガルディア帝国に……）

「私を殺せば、両国で戦争になると思っていますの？」

「そんなことはない」と言いたいところだが、言えないのが今の立場だ。リスティル公爵家長子の立場はそれだけの地位なのだ。

「リスティル公爵家長子が死ねば、さすがに国民が黙ってはいないでしょう。交戦のムードは高まり、さすがにあの気弱な国王陛下でも、動くだろう」

「気弱ですって⁉」

「気弱でなくて何だというのです⁉　自分の父親と姉を殺されて、なぜあのようにへらへらしていられる⁉　あの方はただ、突然降ってわいた王座に納まっているだけだ‼　アドルフ様にしてもそうだ‼　なぜ、これほどまでに我々が我慢しなければならない‼　あなたが、エイダ様に似ているならばもしやと思ったが、あなたも結局優しすぎる」

「……」

困ったところもあるけど、あの優しい国王陛下のことが私は好きだ。戦争を頻発して、国を疲弊させてしまうような国王陛下より、戦争を起こさない方がずっと良いと思う。

（でも、それじゃ満足しない人もいるのね……）

国王陛下が戦争を起こさないことについて、見方は二つある。

一つは力がないから、心がひ弱だから。

もう一つは、自分の憎しみも苦しみもすべて、この国と天秤にかけて、どちらが大切なのか、どちらの方が利益となるのか測り取って、自分の憎しみを抑える方を選んだから。

きっと私は後者なのだと思っている。国王陛下のことを知っているわけではないけれど、ありとあらゆる権力を持っていながら、私利私欲のために使っていない。それだけで、そう思うには十分な理由だと思う。部屋を抜け出すのだって、少し困らせるのだって、きっと、精一杯のおふざけだ。私からしたら、親や姉を殺されても、弔い合戦などとして戦争を起こさない国王陛下はとても強いと思う。

（ゴウエンは、それじゃあ、だめなのね……）

「あの国に、あのガルディア帝国にそのような弱腰では困るのです。前におっしゃっていましたね。『戦争が嫌いで、多くの兵士たちを死なせるとわかっていて、戦場に連れ出したくはない』と」

確かにラスミア殿下に聞かれたときにそう答えた。戦争をしたいとは私は思わないからだ。

「言いましたわ……」

「この世界は弱肉強食……。弱いままでは誰も守れない……。戦公爵とは、戦場で最も血に染まるものです。戦争は嫌いだなどと、そんな甘いことを言ってどうする……」

「戦争をすればあなたと同じ人が増えるのに……。それでも、あなたは戦争を望むのね」

ゴウエンの思いは決して間違っていない。大切なものを壊されて、どうしてやり返さないで終われるか。彼が長年考え抜いて出した答えが、これなのだ。その思いを否定なんてできないし、することはできない。

「そうです。きっと私は地獄に落ちる。それでも、願わずにはいられない。ルーシェ様、あなたを巻き込むことになって、本当に申し訳ない」

そう言って、剣を振りかぶった。

（さすがに死ぬわ。これ……最悪）
最近、こんなのばっかりだ。

⑥ 正体

私は今、目の前で起きたことにびっくりして目を瞬いた。

「ラルム？」

私はいろいろなことが起こりすぎて状況をよく理解できていなかった。

（何があった……？）

立ち尽くしているラルムの前には、ゴウエンが倒れている。

ラルムがゴウエンを、斬《き》った？　夢と逆だし、そもそも、どうして。

（いや、助かったけれど、素直に喜べない）

ラルムはあれほどまでにゴウエンを慕っていたのに、斬らせてしまった。私はゴウエンに駆け寄った。

「ゴウエン！　しっかりなさい！」

ゴウエンは後ろから背中をバッサリ斬られていた。私は傷口を押さえて出血を止めようとした。

（止まれ止まれ止まれ……）

国王陛下から、力を見せてはいけないと言われていたけれど、そもそも私は力を自由自在に操れるわけではないし、何より、人が死にかけているのに何もしないなんてできない。それが自分の命を狙った人であっても。ゴウエンの傷はわずかにふさがったように見えるが、力が弱いのか完全ではない。

「ラルム！」

「姫様……ごめん」

ラルムの顔は泣きそうに歪《ゆが》んでいた。

（そんな顔をさせてしまったのは私のせいだ……）

「謝らないで！　早く……」

『神の力』は完全には発動しなかった。そのせいで、どんどんゴウエンの顔色が悪くなっていく。

「その剣を置いて、助けを呼んできて」そう言おうとしたが、言うことができなかった。

「おやおや、自分を殺そうとした人を助けようとするなんて、優しいねえ。お姫様」

「う、そ……」

その声が聞こえた瞬間、姿が見えた瞬間、私はただただ、呆然とするしかなかった。

「ガルディア皇帝……」

「やあ、お姫様」

私と同じ銀の髪を持った少年は、にいっと冷酷に笑って見せた。

「なぜ、ここに……」

あの手紙はゴウエンが私を呼び出すための偽物だったのに。

「教えてもらったからねえ」

「誰に……」

「お姫様の目の前にいるじゃないか」

「目の前って……」

私の目の前には、剣を持って立ち尽くすラルムしかいない。

「ラルム……？」

ラルムがガルディア皇帝に教えたというのか。

「ラルム、あなたは誰《だれ》？」

「……」

ラルムは泣きそうに顔をしかめたまま、何も答えない。

「教えてあげなよ。自分はガルディア帝国の人で、ずっとスパイをしていましたって……」

「え……」

何を言われたのか、理解できなかった。

「だって……、拾われたって……」

「そうだよ。ゴウエンに拾わせたんだ。立派なスパイになってもらうために」

「なんですって……」

「スパイ教育をした子どもに暗示をかけて、スパイということを忘れさせる。そのまま大人になり、要職に就いた瞬間に暗示を解く。この方法が結構使えるんだよねえ。何せ自分がスパイって自覚がないから、怪しい行動を一切しないし」

ラルムは幼いころにゴウエンに拾われたと言っていた。それが罠《わな》だったというのか。

「ラルム……。あなた、ゴウエンのことをとても慕っていたじゃない」

「それはそうだ。だって記憶がなかったんだもの」

そう言ってガルディア皇帝は、ラルムの青色の髪をガッとつかむと、そのまま引き倒した。

「何をしているの⁉」

「こうやって引き倒しても、抵抗もしないでしょう？　つまり、そういうことだよ」

そのままラルムの背中を踏みつけた。ラルムは痛みで顔をしかめているが、一切の抵抗をしない。

「いつからなの……。いつから私たちを裏切っていたの？」

「あの慰霊碑を見てしまったから……」

ラルムは眉間《みけん》にしわを寄せて、苦しそうに答えた。

「あの慰霊碑を見たら完全に記憶が戻るように暗示をかけていたんだよ」

「……」

（そういえば、あの時、泣いてた……）

「ラ、ラルム……」

その時、消え入りそうな声をゴウエンが発した。その顔色はあまりにも悪く、背中からバッサリ斬られた傷からはとめどなく赤い血が流れている。

「ゴウエン⁉　あなた、大丈夫なの⁉」

「ルーシェ様……。お逃げください……」

ゴウエンは息も絶え絶えに言った。

「何を言っているの⁉」

「私は……あなた自身が、憎いわけでは……ありません」

そう言うと体を震わせながら起き上がった。

「私は、あのガルディア帝国を……潰《つぶ》すため……生きてきたので……す。こうなって……しまった、ら……。あなたを……」

「しゃべらなくていいから！　黙りなさい！　傷がこれ以上開いたらどうするの⁉」

(正直言って、切り抜けられる名案が浮かばないんですけど⁉)

「ラルム……」

ゴウエンは私の言葉など聞こえていないかのように、ラルムに向かって呼びかけた。

「ゴウエン隊、長……申し訳ありません。……どうか、姫様を……」

ラルムは踏みつけられた状態で、ゴウエンの方を向いていた。

「お前は……」

ゴウエンは泣きそうに顔を歪めた。

「ふーん。お前、お姫様やゴウエンに情でも移った？　本当の主《あるじ》みたいに？　父親みたいに？　俺の言葉一つにさえ逆らえない奴隷の癖に……」

「ぐあっ」

ガルディア皇帝はラルムの頭をぐりぐり踏みつけた。ラルムは苦しそうに呻《うめ》く。

「やめなさい‼　何をしているの⁉　ラルムから離れなさい‼」

ガルディア皇帝は心底意外だという表情をした。

「お姫様は本当に優しいよね。戦場で子どもも斬って捨てる鬼姫や他のリスティル一族とはえらい違いだ。片や自分を殺そうとした男、僕の下のは君を、君たち一族を裏切った男。両方助けるつもり？　馬鹿なの？」

「うるさいわよ！　彼らをどうするのかなんて私の勝手だわ！」

「まあ、このままだとそっちのひげ面は死ぬだろうけどね」

「ゴウエン……」

確かにこのままではゴウエンは失血死する。

「ルーシェ……様……お逃げ……くださ……。このままでは……」

（どうしよう……）

「ははは。ねえ、お姫様、前に俺が、『じゃあ、この世界にいる自分に、力に違和感を覚えたことはないの？』って言った時さあ、答えられなかったよね」

「……」

嫌なところを突いてくる。自分でも折り合いがはっきりとつけられていないところなのに。

「僕も同じだよ」

「どういうことよ……」

やはり彼にも、何か記憶があるのだろうか。

「生まれた時から、違和感があった。何かが足りないんだ。ずっと足りないんだ。寂しかった……」

「……」

「お姫様が僕と同じ『発現者』と知った時、本当にうれしかったんだよ」

それは、とても美しい笑みで、残酷なことをしてきた人には到底思えなかった。

「『発現者』って、何」

「ガルディア皇族にまれに発現する『力』を持った人のことだよ。今は僕とお姫様しかいないんだよ……」

「そんなに少ないの……」

「だから、きっと、お姫様といたら、僕も普通になれる気がするんだ。僕の国においで。『神の力』も『空間を操る力』も自由に使えるようにしてあげる。この国に侵攻をしないであげる」

「……」

「ルー、シェ、様……。私、気に……せずに……。お逃げ……くださ……」

ゴウエンが呻きながら私を逃がそうとする。

「嫌よ。皆で、逃げるの……」

「お姫様、聞き分けのない子は嫌いだよ。あれも、嫌、これも嫌。そんなんじゃ誰も守れない。何も捨てることができないものは、何も守れやしないんだよ」

そう言って彼は静かに近づいてきた。

(そういえば、誰かが言っていたわ。鬼姫、悪魔と呼ばれるおばあ様は、アステリア王国を守るために、味方やおじい様、クラウス師匠すらも囮《おとり》にして、絶対に敵国に領土侵入をさせなかったと。領土に進行されたのは、十三年前のあの戦争だけ)

みんな、おばあ様を「ひどい」という言葉で片付ける。でもおじい様までも囮にして、アステリア王国を守ろうとしたおばあ様は、自分の大切なものを捨ててまで、戦公爵としてこの国を守ろうとしたんだ。自分が守らなければならないものを守るために。

(私も何かを捨てるべきなの……?)

私の脳裏にはお父様やお母様、おじい様おばあ様、今まで出会ってきた人たちの顔が思い浮かんだ。

大人たちがしてきた残酷な選択を、私もしなければならないのだろうか。

「……」

ガルディア皇帝はいつのまにか、私の目の前までやってきた。

(私が捨てるべきは、きっと……)

「この世界で最も高貴な血筋を引いたお姫様。自分がいるべき場所に戻ろうね?」

そう言って私の前にひざまずくと、彼は私に手を差し出して、ニィッと嗤《わら》った。

⑦ ルーシェ、決意する

バシッ。

私はガルディア皇帝の手を叩《たた》き落とした。

「……へえ?」

酷薄な目をしたガルディア皇帝を私は睨《にら》みつけた。

「そんなことしちゃうんだ?」

「うるさくてよ‼」

やけくそになって、ゴウエンが持っていた剣を持ち上げる。

そしてその切っ先をガルディア皇帝に向けた。

(こいつの手を取れば、自分の力の使い方もわかるし、戦争が回避されるかもしれないの。でも、それは全て「かもしれない」こと。信用できない人に付いて行くなんて馬鹿のすることだわ。今、私が捨てるべきものはない! しいて言うなら、今迷っているこの心!)

本当に迷うけど、本当にこれでよいのか不安だけど、私はこっちを選ぶ。間違っていたら、その時になったら考える。

「戦争になるかもよ? お優しいお姫様は耐えられるの?」

「そうね。でも、あなたに付いて行って戦争にならない保証がどこにあるの。今までの自分を振り返ってみなさいよ。倫理も何もない非道な行い。あなたに付いて行けるだけの信頼もクソもないわ‼　自分の存在や力に違和感を覚えても、どれだけ不安になっても、私は、あなたの手だけは取らない！」

そう言った瞬間、ガルディア皇帝は一瞬顔を歪《ゆが》めた。何かを失った、そんな表情だった。

（なんでそんな顔するのよ……）

「ガルディア皇帝。何かを守るには確かに、何かを捨てなきゃだめかもしれないわ。でも、私はまだ、何も捨てずに、すべてを守れて幸せになる方法をあきらめたくない。あがいてみせる！」

「……やっぱり、君は変わっているよ。なら、何も守れず、幸せになれないって選択肢もいれておきなよ。ラルム、お前、お姫様を殺さない程度に痛めつけろ」

ラルムの体がびくっとはねた。

（こいつ……）

「大層なことを言ったのはいいけど、結局、状況は何も変わってない。力を操れない君のその小さな体では何も守れやしない。ちょっと痛い目を見たらいいよ。大丈夫、殺しはしない。ちゃんと手当てをしてあげる。ラルム、立て」

ラルムはいやだと泣きそうな顔で首を振った。

「姫、様」

「ラルム」

ラルムは顔をぐちゃぐちゃにして泣いていた。「ゴウエンが心配」と言っていたあの言葉も思いもきっと嘘《うそ》じゃない。自分がスパイだと認識しても彼は……。

「ラルム、大丈夫よ」

「え？」

「私はあなたを許すわ。あなたがどんな思いで、今日、ここまで生きてきたのか。今、どんなにつらいのか、ちゃんとわかっているわ。だから、そんな顔しなくていいの。どうか、泣かないで」

ラルムの瞳《ひとみ》から、さらに涙が出てくる。苦しいのがよくわかる。

「私はあなたを恨まないわ。大丈夫。一緒にお家《うち》に帰りましょう。また、元通りだわ」

「姫様……」

（そう、元通りにできる。今ならまだ……）

「ラルム、あなたはどうしたいの？」

「俺は……」

「こちらに来たいなら、今すぐ私のもとに来なさい‼」

（こちら側に付いて‼）

「本当にムカつくなあ」

「ごほっ！」

ガルディア皇帝は、忌々しいとばかりにラルムを足で蹴《け》り飛ばした。

「やっぱり、僕がやる」

ガルディア皇帝が残酷な笑みを浮かべ、私に向かって手を伸ばしてくる。

「やるならやればよいわ！　あなたなんかに負けない！」

（負けてたまるか！）

私はガルディア皇帝を睨みつけた。

ガシッ。

ラルムがガルディア皇帝の手を掴《つか》んだ。

「放しなよ。君の主人だよ？」

「違う！　お前は違う！　……今、決めた。俺の主人は、お前じゃない！　俺の主人は姫様だ！」

ラルムはそう言うと、ガルディア皇帝に向かって剣を振りぬいた。

しかし、それはあっさりと避《よ》けられた。

「やれやれ……まいったね」

そう言う割に、全くまいったという顔をしていない。

「姫様、俺は……」

「言い訳は後よ！」

今はそれどころではない。何とかして逃げなくてはならない。

「なら、二人まとめてにするよ」

「とにかく逃げるのよ‼」

ガルディア皇帝はそう言うと、手のひらに作り出した氷の刃《やいば》をこちらに向けて放った。

第四章

① 邂逅《かいこう》

「どうやら間に合ったようだね。ルーシェ」

そんな言葉が、どこかから聞こえたと思ったら――――。

ドンッ。

私の目の前に〝火の壁〟が現れた。その壁は、私とラルムをガルディア皇帝の氷の刃から守るように間に立ちふさがっている。氷を溶かしているのに全く熱くない。

「うそ……」

さすがに来るとは思っていなかった。

「お父様……」

ぎゅっと背後から抱きしめられた。

「よく頑張ったね、ルーシェ。もう、大丈夫だ」

「……うん。でもどうして？」

私はその温かさに、涙がこぼれそうになった。

「ルカに感謝しなさい。ルカがお前の様子がおかしいことに気が付いたからだ」

「ルカ……」

私が見上げた先にはルカが立っていた。

「お嬢様……」

「ルーシェ、無事か？」

「ラスミア殿下⁉」

いつもとは違う、静かな声だった。「どうしてここに、何をしているの」そんな言葉が口から出かかって、霧散した。

その表情のあまりの静かさに……。

「あれが、ガルディア皇帝か……」

アステリア王国次代国王とガルディア帝国皇帝が初めて相まみえた瞬間だった。

「ああ、君が第一王子か……」

「そうだ、アステリア王国第一王子ラスミア・ギル・アステリアだ」

「忌々しいくらいにあの国王に似ているね。私がガルディア帝国皇帝だよ」

「……俺の戦公爵を随分と虐《いじ》めてくれたな」

ラスミア殿下は、今まででは考えられないくらい、淡々と話していく。しかしながら、先ほどまでの状況とは違う意味で、緊張感にあふれていく。

「虐めてはいないよ。ただお姫様にとって、一番すべきことを言っただけ」

「それがガルディア皇帝との婚姻だと？　ふざけるなよ」

「ラスミア殿下⁉」

（まさかもう知られているなんて）

「別にお姫様は君のものじゃないだろう？　大体、彼女はガルディア帝国皇族の血を引く皇女だよ。こちらがもらいに来ても問題ない」

「ちょっ……」

私はとんでもない秘密を暴露されてかなり慌てた。いくら国王陛下がご存知とはいえ、ラスミア殿下が知っているとは限らない。裏切者と言われたらどうしようかと思ったのだ。

しかし、ラスミア殿下からは意外な言葉が出た。

「ルーシェの母君マリアンナ皇女はリスティル公爵家の籍に入った。ルーシェはこの国の人だ」

それをラスミア殿下から聞いたガルディア皇帝はつまらなそうな顔をした。

「なんだ、知っていたんだ」

「当たり前だ。ルーシェがどこにいたいのか、それはルーシェが決めることだ。ルーシェはお前の手を振り払ったんだ。素直に引け！　それにお前、一年前もルーシェにちょっかいを出して、拒絶されているだろうが。それに、妹とその従者をひどい目に遭わせたことは忘れないぞ……」

そう言うと、ガルディア皇帝はわずかに考えるそぶりを見せた。

「……ああ。アイヒ王女のことだね……。彼女は使えたよ。おかげでお姫様がどんな力を持つ人なのか理解できたし……。よかったねえ、死ななくて。……ああ、そうだ。僕が乗っ取った黒い髪の従者君、ヨシュアだっけ？　彼、どうなった？　もう殺したかい？」

あまりの言い様に、私はキレそうになった。

（わかっていたけど、反省ゼロだわ。アイヒは何も言わないけど、ずっと悲しそうだし、ずっと従者を選んでない。こいつが二人を引き裂いたのに‼）

「従者君、操られている最中、ずっと頭の中でうるさくてね……。本当につぶしてやろうかと思ったよ……。『アイヒ様、アイヒ様』ってね……。特にアイヒ王女を刺した時なんかもう、うるさくて、うるさくて……」

「ちょっと‼」

不意にルカとの会話を思い出す。彼は正気じゃなかったとルカは言っていた。今の言葉、自分が乗っ取られていても、意識があるのだとしたら……。

（ヨシュアはどんなひどいものを見てしまったの……）

正気でいられるわけがない。

「もういい」

「……ラスミア殿下」

ラスミア殿下の表情は変わらない。だけど、握りこまれた拳《こぶし》が震えていた。

「お前にまともな返答を求めようとしたのが間違いだった。もう黙れ。早く国に帰れ、くそ野郎」

「悪いけどさあ……。振り払われたからと言って、素直に帰れないんだよ、僕は……」

ガルディア皇帝はそう言うと、「パチン！」と指を鳴らした。

その瞬間ガルディア皇帝の背後に現れたのは無数の人形たちだった。あの姿、王宮の地下でのことが嫌でも思い出される。

「なんて数なの……」

あの人形の性能が高いことは十分知っている。

「どうしたら……」

すると、ぽんっと頭を叩かれた。

「お父様？」

「心配するな、ルーシェ」

お父様が不敵に笑った。

「お父様たちは負けないから」

戦いが始まる。

②　戦い

「アドルフ様……」

後ろで手当てを受けていたゴウエンが立ち上がった。その顔色は悪く、今にも倒れそうなほど蒼《そう》白《はく》だった。

「ゴウエン、お前とお前の部下も含めて、何をしたのか、わかっているな」

お父様はゴウエンとラルムに冷たく言い放った。ラルムは一瞬体を震わせた。

「はい。私の部下のことも含めて、この責任は……」

「ゴウエン、まだ、ルーシエを殺したいか」

「……いいえ。私はただ、仇《かたき》を取りたくて……。こんなことを言うのは間違っているとは思いますが……。私も、戦います」

ゴウエンは、何か覚悟を決めた顔をしていた。

「お前はどうする」

お父様はラルムに問いかけた。

「私は、姫様を守ります」

ラルムはお父様の鋭い視線をしっかりと受け止めると、はっきりとお父様に伝えた。

「そうか、守るなら命を懸けて守れ……」

「はい‼」

「お父様……」

「ここにいなさい、ルーシェ」

お父様は私にそう言うと剣を抜いて、走り出した。

（すごい。お父様）

その剣の一振りで、人形数体を吹っ飛ばした。『鬼の子』、アドルフ。そんな言葉が脳裏に浮かんだ。

（そう言えば、ラスミア殿下は……）

まさかのガルディア皇帝と戦っていた。

「うわ……」

剣がぶつかり合うたびに、かなりひやひやした。戦ったからわかるが、ラスミア殿下も十分に強いのだ。

「……」

二人とも完全に無言で戦い続けている。その空間のあまりの冷たさに身震いする。

（さすがに第一王子を矢面に立たせるわけには……）

私は立ち上がろうとしたが、その肩を掴《つか》まれた。

「姫様……」

「ラルム……」

「今は割り込まない方がいい。二人とも、国家の威信を懸けて戦っているから。だから、アドルフ様も手を出さない」

「そうなの……」

「それより、手当てしよう。腕を出して」

「うん」

傷ついた腕を差し出しながら、私は二人を見つめた。

二人の戦いを見ていると、どこか懐かしいような、寂しいようなそんな気がして、心が揺れる。

出会ってはいけない者達が出会ってしまったような。

『やめて……』

心のどこかで、誰《だれ》かが叫んでいた。

決着は思ったよりも早くついた。あまりにも鋭い剣戟《けんげき》に剣が耐え切れず、両方とも折れたのだ。

「あーあー。折れちゃった」

折れた剣を見ると、ガルディア皇帝は投げ捨てた。

「……」

ラスミア殿下は無言で睨《にら》みつける。

「ねえ、お姫様……」

「……何ですか?」

「本当にこいつの下にいるつもり?」

「……少なくとも、あなたの隣に立つことはあり得ませんわ」

「ふーん」

「ルーシェは渡さないぞ、ガルディア皇帝」

ラスミア殿下は無言で私の前に立った。

「ほんと、いつもアステリアは邪魔をしてくれる。だから嫌いなんだよ。あーあ、今度ばかりは手に入ると思ったのになあ……。さすがにこれ以上国を空けるわけにもいかないしさあ」

パチン。

ガルディア皇帝が指を鳴らすと、人形が一斉に集まった。

「本当はお姫様に自分の意志で来てほしかったんだ。でも、だめなら、もういいや。この国ごと手に入れたらいいものねえ」

「……」

その言葉の意味するところは、つまりは……。

「待っていてね。そして、ラスミア殿下」

「なんだ」

「次に会う時は、もっと楽しく殺しあおうね」

そう言うとその姿は人形と共に消えた。

③ 答え

（とりあえず、終わった？）

ガルディア皇帝の気配が完全に消え去り、ほっとした。

「ラスミア殿下……」

「どうした？」

ラスミア殿下の雰囲気はまだ殺伐としていた。

「大丈夫ですか。その……いろいろと」

ラスミア殿下は自分の手を見て、顔をしかめた。

「問題はない。しかし、あいつを見た瞬間に思ったが、絶対にそりが合わないな。存在が気に入らない」

「そうですか」

（あのガルディア皇帝とそりが合う人っているのだろうか）

「一年前に会った時も、あんな感じだったのか……」

「そうですね。ひどい、の一言では表すことができませんわ……」

「そうか。話には聞いていたが、あそこまでとはな……」

「ラスミア殿下……」

「なんだ？」

「もしかしたら、戦争になるかもしれませんわね……」

最後の言葉、間違いなく彼は戦争を仕掛けてくるのだろう。

「……気にするなと言っても無理なんだろうな」

そう言って、ラスミア殿下は私の頭を撫でた。

「あんなふうに、あっさりと『戦争をおこす』と口に出せるのは恐ろしいな……。俺があいつみたいにならないようにちゃんと見ていてくれ」

「ラスミア殿下……」

「本当にとんでもないやつに目を付けられたな……。それよりルーシェ」

「何ですか？」

ラスミア殿下はジトッと私の方を見た。さっきとのギャップに、ちょっと驚く。

「あいつに求婚されたこと、なんで言わなかったんだよ」

「え、今、それを言いますの⁉」

あまりにも今更過ぎである。

「当たり前だろ！　ガルディア皇帝からだぞ⁉　教えろよ！」

「お父様が国王陛下にお伝えしていましたし、自分からは言いにくいじゃないですか！」

『この人に求婚されちゃいました〜』なんてなかなか言えない。

「ルーシェが一人で行ったと知った時、受けるつもりなのかと思った」

「……少し、迷っていたのは事実です。そうすれば何かが、変わるのかもしれないとは、思いました。ただ、正直言ってみんなを殺されてはたまらないと思ったからで、実のところ、心は決まっていませんでした。すみません、ラスミア殿下」

「そうか。謝らなくていい。……俺たちは立場上、どうやっても自分の心に添わないことをしなければならない。多くのものを守るために、小さな命を見捨てなければならない。自分が関われば関わるほど、冷静な判断ができなくなる。正解がわからなくなる」

「今回は、正解でしょうか」

結局、ガルディア皇帝は『戦争』をするかもしれない。

「多分正解だろ……。正直言って蓋《ふた》を開けてみないとわからない。確かめられるものでもない。お前が嫁いだら、何か変わったかもしれんし、変わらなかったかもしれん。今回は、お前自身のことやガルディア皇帝の異常性を考えたら、正解だとは思う。その結果が『戦争』に繋《つな》がってしまったとしてもだ」

「そうですか……」

（ラスミア殿下って……こんなに頼もしかったかしら）

かなり失礼なことを思っているが、実際ここまで大人びている。

④ 二人の行く末

「ルーシェ！」

「お父様……」

戦いを終えたお父様が部下を引き連れて、こちらに走ってきた。

「ガルディア皇帝は帰ったな」

「はい、ラスミア殿下が追い払ってくれました」

お父様と話していたとき、背後でガッと何かが殴られる音がした。

「ゴウエン……」

ゴウエンがラルムを思いっきり殴っていた。ラルムは一切抵抗していない。ラルムの口の端から、つーっと血が流れる。

「……」

（あ……）

私はふと気が付いた。

これはあの時の夢の始まりだ。

「ゴウエン隊長……」

ラルムは土で汚れたその顔に、一筋の涙を流した。

「お前を、お前のことを、息子だと、思っていた。お前のしたことの罪は、取り返しがつかない」

「はい……」

ラルムは覚悟を決めているようだった。

(このままじゃ、ラルムの首が、落ちる……)

「俺も、すぐに同じところに逝く。だから……」

そう言うとゴウエンは持っていた剣を振り上げた。

「やめて！！！」

私はありったけの力で叫んだ。

「姫様……」

「やめて、ゴウエンがラルムを殺したらいけない！　息子を殺さないで！」

(助かる方法が浮かばない。キルたちみたいに、私を殺そうとしたことをなかったことにはできない。ラルムはこの国そのものを裏切ってしまったんだもの。それは私の命とは比べものにならない。ただ、ゴウエンにはラルムを殺してほしくない。あの先視の通りになんて冗談じゃないわ)

一度、ガルディア帝国のせいで家族を失っているゴウエンに、また失わせて、しかも今度は自分の手で失わせるなんて、冗談じゃない。

「ルーシェ」

「お父様！　ラルムは……」

「だめなんだよ、ルーシェ」

お父様は私をなだめるかのように頭を撫《な》でた。

（ああ、もう！）

私の職権乱用具合は最近酷《ひど》い気がする。これぞ目上の者の横暴と言われるのだろう。

「ラルム！」

「はい！」

「あなた、私の部下になりなさい‼」

「はい！　……はい⁉」

私の剣幕に押されて頷《うなず》いたラルムだが、内容を理解した途端、不思議な顔をした。

「ルーシェ⁉　何を言っているんだ」

「ガルディア帝国のことを知っている部下って素敵だと思わない、お父様。それにラルム。あなた、さっき自分の主人は私って言ったでしょ⁉　前に、私の部下になったら楽しそうだって言っていたし。勝手に死んでもらっては困るのよ！」

「え？　いや、その？」

ラルムは目を白黒させる。

「ルーシェ、お前……。お前を殺そうとしたんだぞ、こいつは。いいのか？」

ラスミア殿下は信じられないという顔をした。

「よくなかったら、わざわざ殺されるのを止めませんわよ」

（それに……）

「ルーシェ」

「お父様、わがままを言いますわ。ラルムを私にくださいませ。将来、きっと役に立つわ」

「ラルムは危険だ。ヨシュアのように……」

「彼は乗っ取られたわけじゃないわ。それに、彼は今まで自分自身で選択なんてできなかったの。今やっと、私を選んでくれたの。そのまま失うなんて悲しい」

お父様と私は見つめあった。

「それにさっきも言ったけど、ラルムは私を主人にするって言ってくれたの……。そうなんでしょ⁉ ラルム⁉」

「は、はい‼ 言いました‼」

ラルムは直立不動で答えた。

「その言葉に二言は⁉」

「ありません‼」

「私を殺す気は⁉」

「ありません‼」

まるでどこかの体育会系の挨拶《あいさつ》である。

私は見ての通りだと、お父様を見つめ続けた。

「……」

先に目を逸《そ》らしたのはお父様だった。その表情は苦虫をかみつぶしたような、そんな顔である。

「……とりあえず、今は殺さない、とだけ言っておく」

かなり間があった。

「ありがとうございます、お父様」

そして、お次は……。

「ゴウエン‼」

剣を持ったまま固まっているゴウエンを呼びつけた。

「あなた、ちょっとここにしゃがみなさい‼」

そう言うと、ゴウエンもおっかなビックリ私のところにやってきて、しゃがみこむ。

ふーっと私は大きく息を吐いた。そして……。

「歯ァ食いしばれえええええ！！！！！」

その大声と共に、私は大きく手を振り上げた。

バチーン！！！！！

「うごぉ！」

ゴウエンの頬《ほお》を思いっきり叩《たた》いた。

「あー、すっきりしたわ！　よくも狙ってくれたわね」

（結構よい音が出た。私って割と力持ち？）

なぜだか、お父様やラスミア殿下が顔を青ざめさせている。

「ル、ルーシェ様」

ゴウエンは殴られた頬をさすった。

「今回のこと、悪いと思っている？」

「はい」

半分涙目である。

「そう。あなた、このまま死ぬのと、未来永劫《えいごう》リスティル公爵家の役に立つのと、どっちがいい？」

「え？」

ゴウエンが目を丸くした。私の提案が予想外だったようだ。

「どっちが正解だと思う？　どっちがあなたのやったことと釣り合うと思う？」

ラルムの時とは違って、私は選択肢を用意した。

「……」

ゴウエンは困ったような顔をした。

私がそんなことを言った理由は簡単、ラルムの場合は多分死を選ぶが、ゴウエンは選ばないと思ったからだ。だって、ガルディア帝国と戦争が起こりそうなのだ。彼は戦争を望んでいるのだから、死ぬことはないだろう。それに裏切らないだろうし。もし、私が未来を変えて戦争が起こらなかったら、は考えないことにする。

（使える兵士を殺すなんてもったいなさすぎる。殺してしまうのは簡単だけど、それで戦力が減るのはいただけないわ）

この二人を助けた理由の半分はかわいそうだったからだけど、もう半分は素直にもったいないからだ。これ以上、ガルディア帝国とまともに戦えそうな戦力を減らしてたまるか。

「どうなの？」

「私は……、戦いたいです」

「そう。よかったわね。たまたま、私達がこれから超特急でしなければならないガルディア帝国対策と、これまた、たまたま、あなたが役に立てそうな分野が一致しているわ。あなたがやりたいガルディア帝国をぶっ潰《つぶ》すことにも通じているわ。今まで以上に働きなさい！　ま、お父様が許せばだけど？」

　白々しくお父様を巻き込んだ。お父様はこめかみを押さえて考え込んでいる。どうしたものかと考えているようだ。仕方がないことだ。法を守るならばゴウエンだって厳罰だ。それを私がひっくり返そうとしているのだから。

「ルーシェ……」

「長年こちらに仕えてくれているなら、戦い方もよくわかっているわ。こちらにこれだけ損害を与えているのに、殺して『はい、さよなら』なんて無駄もいいところでしょ」

「ルーシェ……。ああもういい!!　ただし、今まで以上に働いてもらう。覚悟しておけ」

「はい!!」

（これで片付いたわ!!）

　私は心の中でガッツポーズを決めた。かなり強引にことを進めた認識はある。でも、それくらいしないと、多分二人は助からなかった。私が他《ほか》の人たちから、地位を利用して横暴だと多少思われても、私の中でしこりとなるくらいなら、ずっとこの方がよい。

（これで何とか……）

と思った時、視界が歪《ゆが》んだ。それと同時に気持ちの悪さも襲い掛かってきた。

「うっ……」

　私は口を押さえた。何かがせりあがってきそうだ。

「ルーシェ!?」

「姫様！！！」

「しっかりしろ‼」

私はそのまま膝《ひざ》をつく。誰《だれ》かに支えられたが、気にしている余裕はない。

いろんな人の声が聞こえる。大丈夫だ、と言おうとしても、気持ち悪さに声が出ない。

「ルーシェ‼」

そのまま意識が無くなった。

⑤ 再会

私は真っ黒い空間に立っていた。ただし、今回は目の前に彼が立っていた。

相変わらずの人外の美しさ。

「久しぶりだな……」

「イリシャ……。お久しぶりですわ」

王宮で会った不思議な青年イリシャが立っていた。

「ああ」

「もしかして、また、狭間《はざま》に来てしまいましたの？」

「いや違う」

間髪容《い》れずに否定された。イリシャが現れるのだから、やらかしたのかと思ったが、そうではなかったらしい。

「私が勝手にお前の中に入っていっただけだ」

「あらま……」

「今回もいろいろ大変だったようだな」

憐《あわ》れみのこもった眼《め》を向けられた。

「そうですわね」

色々とひどい目に遭ったのは事実だ。どうしてこんなにひどい目に遭わなきゃいけないのかしら。

(ちょっと待って?)

「え、あなた、見ていましたの?」

「少しな」

「少しって……」

ちょっとは助けてくれても、と思ったが……。

「われは立場上、手助けができないのだ。すべてが終わった後に、こうして現れることしかできない」

私の考えていることが読まれたのか、意見は封じられた。

「そういえばそうだったわね。ねえ、ガルディア皇帝は何者なの? 彼、色々と感覚が人とずれているみたいだけど」

「少し……お前と似ているのかもしれん」

「似ている?」

それはどういう意味なのだろうか。

「彼もまた、断片的だが、前世の記憶とやらがある」

「何ですって⁉」

「落ち着け。ただ、お前と違って、この世界の前世だ」

「この世界での前世? そんなことが……」

「しかもお前のように生きた記憶ではない。感情だ」

「感情？」

「怒り、悲しみ、憎しみ……。負の感情を覚えている。だからこそ、不安定でしょうがない。それに加えて、他人より優れた力の持ち主。おかしくならないわけがない……」

ガルディア皇帝の言葉が思い出される。

『きっと、お姫様といいたら、僕も普通になれる気がするんだ』

（だからあんなことを……）

彼がしたことは許されることではないが、ああなってしまったのは仕方のないことだと思った。

「……そう。彼は前世では何だったの？」

その時、彼はゆっくりと人差し指を唇に持っていき、しーっというポーズをとった。

「それは言えない」

「……理《ことわり》とやらに抵触するのね」

「そうだ。……俺の助けは、まだいらないか？」

「……まだ、いりません」

「ガルディア帝国は戦争を仕掛けてくるかもしれないんだぞ」

「……そうですわね」

私の目的は、アステリア王国が滅びないようにグレンに家を継がせて、家出をすることだった。

それが、戦争が思ったより早く引き起こされる。

「あなたの手を取ったら、うまくいくかしら……」

「……さあな」

「きっと今、あなたの手を取ったら、楽なんだわ」

「……望むなら、俗世のすべてを遮断してやれる」

イリシャはきっと、私が苦しまないようにしてくれるのだろう。

「だから、行けない」

私のせいで早まった戦争の危機から逃げ出すなんてできない。

（それに……）

『あんなふうに、あっさりと「戦争をおこす」と口に出せるのは恐ろしいな……。俺があいつみたいにならないようにちゃんと見ていてくれ』

そう言ってくれるラスミア殿下を置いていけない。まだ幼いグレンを置いていけない。

「そうか……」

イリシャは私の頭をゆっくり撫《な》でた。

「お前がそれを選ぶのならば、それを尊重しよう」

「ありがとう、心配してくれて……」

「……お前に特別ケガがなさそうだから、これで戻る」

照れくさそうにそう言うと、彼の姿はその瞬間、空間から掻《か》き消えた。

私自身も、意識が薄れて行った。

＊＊＊

「……」

私は目を覚ました時、窓から入る光に目を細めた。

「ルカ」

その細めた目の先にいるのは、ルカだった。

「お嬢様」

ルカは、私を静かに見つめていた。

「ルカ……」

ルカはそのまま私の額に手を置いた。

「熱が下がりましたね。腕のケガのせいで熱を出されて、三日ほど目を覚まさなかったのですよ」

「そんなに……」

自分がそれほど長い間意識を失っていたのに驚いた。

「そう言えば、ルカ‼　ゴウエンは⁉　ラルムは⁉」

私はベッドからガバッと起き上がった。

あの二人はどうなったのか。ゴウエンがラルムを殺すことは阻止できたが、結局どうなったのか知りたかった。

「二人とも、取り調べの真っ最中です。詳しくは知りませんが」

「生きているのね⁉」

「お嬢様がそう望まれたと聞きましたので」

「そう、良かった……」

私は心の底からほっとした。しかし、次の瞬間発せられたルカの声があまりにも怖く、私は身震いした。

「お嬢様」

「ルカ、ごめんなさいね。心配かけたわ。あと、ルカがお父様たちを呼んでくださったのね」

「……」

ルカは無言のままだ。それが怖い。

じっと見つめあう。

ルカは「はあ」、とため息をついた。

「お嬢様は、あの時『また後で』とおっしゃったでしょう」

「言ったわね」

「ちゃんと約束を守ってくれました。……だから、怒れません」

「ルカ……」

ルカは悲しそうに、顔を歪めた。どこか、泣きそうにも見えた。

「今回の件、お嬢様が私達のことを思って、いろいろと考えた結果だと思っています。旦那《だんな》様も、自分がはっきりしなかったから、お嬢様がこんな行動をとったと反省しておられます。だから、怒ることができません。でも……、これだけは言わせてください。私達はお嬢様を大事に思っているのです。もっと、ご自分を大切にしてください。帰ってくるというのは、ケガをして、意識を失って帰ってくることではありません」

最後は懇願のようだった。

「……ごめんなさい、ルカ」

『自分を大切にする』、この簡単なようで難しい言葉に、簡単に頷《うなず》くことができなかった。

「お嬢様は、正直ですね……」

「え？」

「そこは、嘘《うそ》でも『わかった』と言うところです」

「あ……」

「まあ、我々が頼りないから、こんなことになったのでしょう。わかりました、お嬢様」

「いや、頼りないとかでは……。はい？」

（どうしたの、ルカ。何を理解したの……）

「私が頼りないから、お嬢様は頼ってくれないのでしょう？　なら、私がもっと強くなります」

「……」

私はルカの顔をまじまじと見た。ルカの表情は何かを決意した、そんな表情だった。

「……ルカ」

（頼りないとか、そんなことを思ったことはないのだけど……）

その時だ。

「あねうえ様‼」

「ルーシエ！　無事かな？　腕のケガは痛まない？」

「ルーシェ姉様！」

「目が覚めたか！」

グレン、ユーリ君、ユアンお兄様、ラスミア殿下がそれぞれ入ってきた。ルカは瞬時に壁際まで下がった。

「みんな……」

特にグレンは私の腰にギューーッと抱き着いた。

「心配したよ？」

グレンに見つめられると、罪悪感がすごい。

「ごめん」

「本当だよ、グレンはしばらく元気がなかったんだよ？　泣かなかったけどね」

ユーリ君がグレンの頭を撫でた。

「全く、三日も起きないなんて。さすがにお寝坊だよ、ルーシェ」

ユアンお兄様に軽く頬《ほお》を突《つ》かれた。

「ごめんなさい、ユアンお兄様」

心配をかけたので、素直に謝っておく。

「あのケガだから仕方ないが、目が覚めて良かった」

ラスミア殿下が心底ほっとした顔で言った。

「心配をおかけしましたわ。ああ、そうだ。お礼を言っていませんでしたわ。ラスミア殿下。助けに来てくださってありがとうございます」

私は頭を下げた。

「ル、ルーシェ、顔を上げろ。今回のことは……、別に気にするな。俺も隣国の皇帝の顔を見ることができてよかったよ」

「いいなあ。二人とも。せっかくだから、ガルディア皇帝を見てみたかったよ」

ユアンお兄様がうらやましそうに返した。それに対して、私とラスミア殿下は顔を見合わせて、ビミョーな顔をした。

「見ない方が幸せかもしれんぞ」

「そうですね。いくら綺麗《きれい》でも……」

（あれは少しね……）

「何それ、そんなに怖い顔なの？」

「怖いというか……なあ」

「顔は怖くない、いやむしろ、綺麗だけど、やっぱり雰囲気は怖いわね。性格が難ありですよね？」

「難あり」で片付けられるほど実際は簡単ではないが、うまい言葉が見つからないのだ。ただ、未来永劫《えいごう》、会わないことをお勧めする。

いったん微妙な空気になったが、ラスミア殿下の一言で変わった。

「そうだ。俺は今日、王都に戻るからな」

「あら、帰ってしまいますの？」

随分と急ぎの帰還だと思ったが、よく考えたら第一王子だから仕方ないのかもしれない。

「帰りも時間が掛かるからな。もともと長居はするつもりがなかった。……また、王都で会おう」

また、王都で会うことは分かり切っていたので、ラスミア殿下も挨拶《あいさつ》はあっさりしていた。

「そうですわね。あ、そうだ。ラスミア殿下」

「どうした？」

「アイヒに、青い髪のカツラは手に入りませんでしたってお伝えくださいます？　こんなことがあったのですもの、きっと街には出られませんわ」

それを聞いたラスミア殿下は顔をひきつらせた。

「そんなことは気にしなくてもいい。だいたい、あいつなら一言言えば作らせることができるからな。……まあ気にするな。今回は青い髪の部下を手に入れたけどな」

それはラルムのことを指しているのだろう。

「そうですわね……。さすがにアイヒに差し上げられませんけど」

「じゃあな、ルーシェ。見送りはいいから、ゆっくり休めよ」

「はい、ありがとうございました」

その日の午後、ラスミア殿下はリスティル公爵家を後にした。

＊＊＊

ラスミア殿下が去ってから、一時間後。

部屋の外から、ドドドドッと荒々しい音が聞こえた。

バン!!　と扉が音を立てて開かれた。壊れていないだろうか。

「ルーシェ!!」

「ルーシェ、目が覚めたって!?」

「お父様!?　叔父様も！」

お父様は私の傍《そば》までやってくると、私を抱きしめた。

「無事でよかった」

「……うん」

「ごめんな、ルーシェを不安にさせた……」

「……いいえ、お父様。お父様はいろいろなことを考えなければなりませんもの。仕方ありませんわ」

「ルーシェ……」

「お父様は、私の無茶な願いを叶《かな》えてくださいました……。感謝いたしますわ」

私もお父様を抱きしめ返した。

「勝手に屋敷を飛び出して、心配をおかけしてごめんなさい」

「いや、いいんだよ……。無事ならそれでね」

「ラルムとゴウエンは……？」

それに答えたのは、叔父様だった。

「とりあえず、二人ともこってり絞ったし、怒ったよ。まったく、ルーシェはとんでもないね」

叔父様は私の頭を撫でた。

「悪いけど、ラルムを素直にルーシェの部下にすることはまだできないからね」

「はい、わかっております」

しかし、私のことを主人だなんて言って、私も認めたようなことになっているけれど、どうなるのかわからないのに、無責任なことを言ってしまった。未来を変えるためとはいえ、どうすべきか……。

（ま、グレンと仲良くなってくれたら万々歳ね）

これからに乞うご期待だわ。

⑥ 王都への帰還

皆様、ごきげんよう。私はルーシェ・リナ・リスティルですわ。

早いもので、私の体調もだいぶ良くなった。

本当は、もっと早く帰る予定だったけれど仕方がない。私もついに王都に帰る日がやってきました。

メイドたちは昨日から大慌てで、荷物を片付けていた。

「皆様、お世話になりましたわ」

私は目の前にいる叔父一家に深々と頭を下げた。

「もう行ってしまうなんて、寂しすぎるよ‼　もっといて‼」

「無理だ」

泣きそうになっている叔父様をお父様が一刀両断した。

「また、おいで。ルーシェ」

「今度は僕たちが遊びに行くね」

ユアンお兄様やユーリ君は割とあっさりしていた。まあ、男の子なんてこんなもんよね。

「グレンはもっと強くなるんだよ」

「うん」

グレンはユーリ君にかなり鍛えられたようだ。どことなく、しっかりしたような気がする。

「今度はお母様も連れてきなさいな」

エヴァ様は微笑《ほほえ》んでそう言った。

「お手紙を書きますわ」

「うん。あ、そんなに頻度多くなくていいよ。書くのが大変だ」

ユーリお兄様は相変わらずマイペースだった。

「はーい。では、また。ごきげんよう」

私は叔父一家に優雅に一礼をしてみせた。

リスティル公爵領から出る際は領民総出での見送りとなった。

＊＊＊

――――数日後。

私達は無事に王都のリスティル公爵邸に帰ってきた。玄関口ではなんと、おばあ様達が出迎えてくれたのだ。

「おばあ様、おじい様も……。お出迎えありがとうございます」

私はグレンと共に頭を下げる。次の瞬間にはおじい様に二人そろって抱き上げられた。

「お、おじい様」

「お帰り、ルーシェ、グレン。従兄弟たちとは仲良くできたかな？」

「ええ、とっても。ねえ、グレン？」

「はい、楽しかったです」

なぜだかとっても棒読みである。表情もどことなく頑張っていますす感が出ている。

「ルーシェ」

私はおばあ様に抱き直された。

「おばあ様」

「ほほほ、アレクの方は相変わらず、おかしな格好をしておったか？」

おばあ様はとても楽しそうな顔をしていた。

「最初だけですよ……」

私はあははと、乾いた笑みを浮かべた。

「色々、大変だったようだな。ケガは良いのか？」

「ええ、まあ。でも、大丈夫でしたわ」

おばあ様が言っているのは、ガルディア帝国とのあれこれや、ゴウエン、ラルムのことだろう。

「そうか」

おばあ様は私の頭を撫《な》でた。

「お前は強いな」

「そうですかね？」

「ああ。だからゴウエンもラルムも許せたのだろう？」

「……」

今までの優し気な雰囲気から一変して、恐ろしいほど張り詰めた空気になった。

「どうして許した？」

答えを間違えたら、首が飛ぶ、そんな雰囲気だった。

「……だって、使えると思いましたもの」

「使える？」

「ゴウエンはおばあ様の部下だったのでしょう？　そして、リスティル公爵領でも高い地位を持っている。それなら、死んでもらうより、この国を守ってもらう方がずっと役に立つもの。ラルムもそう。使えそうだったの。私のこと主人って言っていましたの。こちら側に付くなら問題ありませんわ」

私がそう言うとおばあ様は今までの恐怖の雰囲気から一変して、とても楽しそうな顔をした。

「ふふふ。ルーシェは本当に面白いな」

「そうですか？」

面白い要素がどこにあったのか全く分からない。

「そうだとも」

そう言っておばあ様は私の頭を撫でた。

⑦　アドルフとエイダ

――その夜。

「母上、入りますよ？」

アドルフはエイダの居室に来ていた。エイダは星空を見上げていたようで、ベランダの方に出ていた。

「おや、どうした？　何か問題でも？」

エイダはその美しい顔に笑みを浮かべて聞き返した。

「聞きたいことがあります」

「聞きたいこと？」

「今回の件、母上、関わっていますね……」

エイダは一層笑みを深めた。

「何の話じゃ？」

「ゴウエンはあなたにずっと手紙を送っていたそうではないですか。ガルディア帝国と戦争を起こしたいと……」

「……」

「あなたがルーシェを狙わせるようにしましたね」

「どうじゃろうなあ、あ奴《やつ》は妻と娘を大切にしておったからなあ。私が何もせんでも、そのうち爆発したろう」

「でしょうね。あなたはただ、背中を押しただけだ。ゴウエンの……」

「それで？　お前の言いたいことはなんだ。ルーシェは結局無事だろう？」

「……ええ。ゴウエンのことも、ラルムのこともあの子は許してしまった」

「そうだったな」

エイダは何かを思案するように顎《あご》に指を置いた。

「それよりも、なぜそんなことを!?」

「なぜとはなんじゃ？　私は孫娘たちをよろしくと書いただけ。ルーシェは優しいとも書いたがな」

「母う――――」

それもまた引き金となったのだろう。

「アドルフ」

アドルフの背中に戦慄《せんりつ》が走った。久しく感じていなかった、死への恐怖。幼少期から戦場に立ち、自ら先陣をきって戦場に血の雨を降らせ死体の山を積み上げた鬼姫が、そこにいた。

「リスティルに歳《とし》など関係ない……。それはそなたもよく知っておろう。自身を振り返れ。それに、ルーシェは生きておろう？」

「わかりませんね。私は、出来損ないなので」

アドルフは母からの愛を疑ったことはない。いろいろあったけど、そりゃー、いろいろあったけど。

　ただ、リスティル当主として認めてくれているかは不明だった。

「出来損なってはおらん。お前は少々卑屈すぎじゃ。誰《だれ》も、私の跡をお前には継がせないとは言うておらんじゃろうが。大体、勝手にいろいろとやらかしたのはゴウエンの方じゃ」

「まかり間違って、本当にルーシェが死んでいたら……」

「アドルフ、これくらいのことで死ぬならば死んでしまった方が幸せじゃ。おぬしもよくわかっているはず……」

「しかし‼」

「そのような顔をするな。あの子はちゃんと生き延びた。何の問題もない。甘すぎるのが心配だったが、もうここまで来たら、それを貫いた方がよいかもしれんなあ」

「やっぱり、母上が仕込んでたんじゃないですか⁉　このようなやり方は反対です。ルーシェは母上とは違う」

「そうじゃの。あの子は私と同じようで、本質は全く違うな」

　エイダはそんなこと、とっくに知っていた。誰に似ているかも、とっくの昔に気が付いていた。ルーシェは自分がなれなかったものになるのだろう。エイダは化け物と人の境界線の、人側の崩壊すれすれの場所に立っている。でもルーシェは化け物側に行ける。あいつと同じように。そうでなければ、命を狙ってきた相手に対して、許し続けるなんてことができるわけがない。甘さとは違う。自分の命と天秤《てんびん》にかけても、より良い結果を選び抜ける。

「あの方にそっくりです」

二人は同じ人物を考えていた。

本当ならば、エイダよりリスティル公爵家を継ぐにふさわしいと言われた人。

真の『神の子』、エイダの実弟ヴィンセント。

「……」

「私はルーシェが、リスティル公爵家を継ぐのには、賛成しません」

「ほお？　周りがそう望んでいるのにか？　能力に問題でも？」

国王陛下が、第一王子が、騎士たちが、それを認め、望んでいる。

「あの子は、母上とは違った意味で、歴史に名を残す戦公爵になるでしょうね」

リスティルにふさわしい聡明《そうめい》さと力を持ち合わせてしまった。

「いずれ、叔父上のようになるのでしょう。でも、あるとき突然精神の均衡が崩れて、壊れます。あの子が積み上げてきた名声が、あの子を苦しめる」

積み上げてきた死体の分だけ、振りかえって我に返れば、きっと壊れてしまうんだ。自分が奪い去っていったもの達の怨嗟《えんさ》の声にとらわれるんだ。そうして叔父上は姿を消した。

「お前はルーシェに甘いのだ。あの子はそこまでやわだとは思わんがなあ」

話は終わったとばかりにエイダは部屋から出た。

＊＊＊

エイダは長い廊下を止まることなく歩き続けた。

エイダも、ルーシェはヴィンセントに似ているとずっと思っていた。アデルもクラウスも気が付いていた。だから、ずっと見守ってきた。

エイダにとって、今回のことはある意味賭《か》けに近かった。ゴウエンが動くかどうかも分からなかった。もし動くなら、ルーシェの反応を見てみたかった。前々から甘いところがあると思っていた。ラインハルト侯爵に狙われたときも、クイニーのことを許してしまうし。ただの甘ちゃんで夢見がちの馬鹿なのか、それとも何か別の意図があるのか。さすがに今度こそ罰することを止めないんだろうなあと思っていたら、なんと止めよった。それもかなりの暴論で。『ガルディア帝国のことを知っている部下って素敵だと思わない？』、部下から聞いたとき、ああ、この子はきっと目的を持って助けているんだと思った。

先ほど聞いたときも、『もったいないから、使えるから』という理由だった。少しほっとした。ただの甘ちゃんで馬鹿なら、殺してやろうと思っていたから。

その方が本人と周りのためだ。

「あの子は、お前が思っている以上に世界を見ておるよ」

あいつとは違う。

だから、大丈夫だ。

⑧ルーシェ、心に決める

皆様、ごきげんよう。私はルーシェ・リナ・リスティルですわ。

私は今、のんびりとユアンお兄様とユーリ君に手紙を書いていますのよ。とは言いつつ、半分は別のことを考えているけど。

(今回、一応夢を変えられたのよね……。ゴウエンがラルムの首を斬《き》るということは防げたわけだし……)

これは結構大きなことだ。未来が変わったのだから。

未来を変えられるのなら、アステリア王国が滅びるという未来も、変えることができる確証を得た。

(でも、もう一つ懸念が出てきたわ。ガルディア皇帝はアステリア王国に攻め入るかもしれない。私のせいで……)

これは結構大問題だ。お父様はガルディア帝国の情勢を考えたらすぐにはあり得ないと言っていたけど。

(私がいることにより、この国は滅んでしまう。ならば、私がいなければきっとまた、違った未来が訪れる)

私は今まで出会ってきた多くの人たちの顔を思い出した。

「……」

（私、みんなのこと大好きなのよね……）

本当は、出て行きたくなんてない。ここに、いたい。

はたっと、手紙に水滴が落ちた。

「え？」

それが自分から出ていることに気が付く。

「あらら……」

涙をぬぐうが、どんどん出てくる。少ししんみりとしていると、後ろから声を掛けられた。

「ルーシェ？」

「あら、お父様」

声の方向に振り返ると、お父様が立っていた。

「ルーシェ⁉　どうしたんだい‼　傷が痛むのか⁉　いや、くせ者⁉　おい、お前たち！！！！」

ルーシェを泣かせた奴をさがしだせえええ！！！」

お父様は後ろを振り返ると叫び始めた。

「お父様、落ち着いて。ユアンお兄様にお手紙を書いていますの。……寂しくて泣いちゃっただけ。

恥ずかしいから、叫ばないで」

「そうか……。ケガの具合はどうだ？」

「大丈夫」

「よかった。なあ、ルーシェ」

「何？」

お父様は私の手をぎゅっと握った。

「お前は小さいね……」

どこか悲しそうな声だった。

「どうしたの？」

「いいや。お前を、もっと安全な国で生んでやりたかったなあと思って……」

「お父様？」

「戦うのは嫌いだろ？」

お父様は悲しそうに笑った。

「……お父様」

「ん？」

私はお父様に抱き着いた。

「ルーシェ」

お父様がなぜそんなことを言ったのかわからない。でも、私には一つだけ言えることがある。

「私、お父様とお母様の娘でよかったと思っていますのよ？」

「そうか……」

「だからそんなことを言わないでね」

私はとびっきりの笑顔で言ってやった。この幸せに、あと少しだけ浸っていよう。

（いずれ、別れはきっと来る）

その時に少しでも、後悔しないように。


「ルーシェ‼　お久しぶり！」

「あらアイヒ。ごきげんよ……」

本日はアイヒが来る予定だった、のだが……。

「ラスミア殿下まで……」

「すまない。勝手に来て悪かった」

ラスミア殿下は眉《まゆ》尻を下げて申し訳なさそうにしている。

「もう……」

謝ってくるのだから仕方ない。

「護衛は僕だから大丈夫」

「そうですね、ちゃんとついているなら……って⁉」

（ちょっと待って、今、聞こえてはいけない声が聞こえた！）

ぎぎぎっと私は上を向いた。

「国王陛下……」

そこには優しそうな微笑《ほほえ》みを浮かべた国王陛下がいた。

私はお決まりのセリフを言った。

「お父様には？」

「今日は会ってないねえ」

そっぽを向かれた。周りの騎士達も目が死んでいる。

「もう……」

「大丈夫ですわ、ルーシェ」

アイヒはふふっと笑った。

「ええ？」

「ちゃんとアドルフ様に伝えましたから」

「いつ⁉」

国王陛下は驚いた顔をアイヒに向けた。

「お父様のことだもの、絶対に付いていくからってお母様がおっしゃってて。だから、来られるのではなくて？」

「なんてことだ……」

まさかの王妃様に一本取られた形だ。

「やれやれ……。子どものころからちっとも変わりがない」

「おばあ様⁉」

突然会話に入ってきたのはおばあ様だった。

「エイダ様……」

「困った国王陛下じゃな。……アドルフが連絡してきたからな、しばらくは私が護衛じゃ、護衛。アデルとクラウスあたりが外で構えているから問題なしじゃ」

世界最強の護衛がここに誕生。ここに来た刺客たちが可哀《かわい》そうだ。

「とりあえずお茶を用意しますわ。ルカ、お願い」

「かしこまりました」

やれやれと一息ついた。


「で？　領地はどうでしたか？」

「えーとね……」

アイヒにとっては普通に問いかけただけだろうが……。

「そうですわね。色々と楽しめましたわよ……」

内容が濃くてとてもじゃないがアイヒに伝えきれそうにない。

「従弟君達とはいい交流ができたよな。今度、王宮に招待するか？」

それを感じ取ったのか、ラスミア殿下が助け船を出してくれた。

「ええ、そうですわね」


その時だった。

「あ、ヤバい」

私達とお茶を飲んでいた国王陛下がそう呟《つぶや》くと、立ち上がった。

「どうされました？」

「父上？」

「お父様？」

「みんな、今から任務を与える……」

国王陛下は真剣な顔で私たちを見つめた。

「「「はい？」」」

「今から奴《やつ》が来る‼」

そう言って、指さした先には……。

「お父様……」

お父様がスゴイ形相でこっちに向かってきているのが見えた。

「あいつから私を逃がしたものには私が何でも願いを叶《かな》えよう‼」

ドーンと効果音が付きそうである。

(なんでよ……)

「お父様、素直に捕まりましょう？」

アイヒはあきれ顔である。

「ほほほ。面白そうじゃの。何でも叶えてくださるのじゃな？」

おばあ様は面白そうににやりと笑った。

「叶えられることでお願いしますよ？　エイダ様」

若干、国王陛下の表情が引きつった気がした。

「まあ、本当ならば参加したいが、私もアドルフから伝言を預かっていてな、国王陛下を捕まえたら、騎士達には休みとボーナス、他《ほか》の者には欲しいものを与えると言っておったぞ」

それにはラスミア殿下たちの護衛もざわっとした。

「こら、騎士達！　なんでアドルフの言葉に反応するわけ!?」

「そりゃ、アドルフ様の言葉の方が信ぴょう性があるに決まっているでしょう！　大体、逃げたのは国王陛下でしょう！」

はっきり騎士達は言った。休み欲しい！　ボーナス欲しい！　との声が上がる。どうやら、完全に国王陛下の敵に回ったようだ。

「ルーシェ姫」

「無理です。あきらめましょう」

「そうか……」

あきらめた、と誰《だれ》もがそう思った。

ひゅっ。

「え!?」

「消えた!?」

「お父様!?」

「父上!?」

国王陛下は瞬時に視界から消えた。

「あ、いた！　捕まえろ‼」

騎士の一人が指さす方向には国王陛下がいた。

「捕まえろ‼」

騎士達が動き出した。

「俺たちはどうする？　ルーシェ」

「うーん、ここにいようか？　走ったら疲れるわ」

「俺は行くぞ！　一度、父上とは戦ってみたかった！」

そう言うと走って行ってしまった。

「あらあら……」

その姿はとても楽しそうで、私とアイヒは顔を見合わせて笑った。

番外編

ラルムにとって、このアステリア王国で過ごした日々は宝物だった。

「……」

初めの記憶は雨の中、一人で佇《たたず》んでいるところから始まる。

＊＊＊

冷たい雨の中、ただただ何もわからず歩き続けていた。自分の名前は何なのか、なぜここにいるのか、どうすべきなのか、すべてわからない。

「どうしよう……」

何日も何日も、木の下で雨宿りをした。食べるものもなく、このまま死んでしまう、そう思っていた。

自分の前に大きな馬が止まった時、きっと踏み殺されると思っていた。でも、衝撃はいつまでたっても訪れず、馬は自分をなめてきた。

「何をしている」

馬上から声が聞こえた。その人影は馬からひらりと降りた。少年が顔を上げて、その顔を見たとき、かなりの衝撃を受けた。

（クマが、クマが馬に乗っている⁉）

「お前、名前は？」

「わからない……」

「どこから来た？」

「わからない……」

そう言うと、クマはなんとも言えない顔をした。

「俺の名前はゴウエン。一緒に来るか？」

そう言って差し出された手を取るのをためらっていると、思いっきり手を掴《つか》まれた。その手はとても温かかった。

「おい、泣くな」

そう言われて初めて、少年は泣いていることに気が付いた。

連れて行かれたのはとても大きな屋敷だった。

「早く入れ」

「でも……」

自分は何日も外にいて、とても汚かった。この綺麗《きれい》な屋敷を汚すのはためらわれた。

しかし、ゴウエンは気にすることなく、少年の手を引いて、家に引き入れた。

「こいつを風呂《ふろ》に入れてやれ」

「え？」

その瞬間、少年は目を輝かせた女性たちに囲まれ、服をひん剥《む》かれた。

何かを失った気がするのは間違いではないだろう。

温かいご飯にふかふかな寝床はとても心地が良かった。

きっと夢だ、そう思ったが、再び目を開けても景色が変わることはなかった。

「出て行かなきゃ」

一時の施しなのだろう、ここまでしてもらったら、もう出て行かないと。そう思って、拾われた時に着ていた服を探すが、見つからない。

「どうしよう……」

その時、部屋の扉が開かれ、再度、目を輝かせた女性たちに囲まれた少年は、服をひん剥かれ、華麗に整えられ、また何かを失った気がした。

ゴウエンは庭にいるとのことなので、庭に向かった。

「……」

彼は無言で剣を振り続けていた。

「……」

ずっとその姿を見続けていると、彼がふとこちらを向いた。

「やるか?」

そう言われた時、とっさに頷《うなず》いてしまった。

「剣を持つか」と言われたので持って、「勉強するか?」と言われて勉強を行い、いつの間にか彼の家に住み着いてしまった。

「ここにいて構わない。どうせ、誰もいないからな」

そうぶっきらぼうに言う彼はどこか寂しそうだった。

「家族はいないのですか？」

この家は一人で住むにはあまりにも大きすぎるのだ。

「……いない。気にするな」

そう言った時の顔はあまりにも悲しそうで、何も言えなくなった。

「そうだ、お前……」

「はい」

「名前がなかったよな」

「ない、です……」

「……ラルム」

「え？」

「少々音が違うが、ラルムでいいだろう」

「ラルム……」

（僕の、名前？）

「泣き虫なお前にちょうどいい」

そう言われて、自分がまた、泣いていることに気が付いた。

家族の代わりになることはできない。でも、少しでも恩返しができたらとそう思って、ここにいることを決めた。「好きに過ごせばいいし、ここにこだわる必要もない」と言われ続けたけれど、行くところもなくてずっとここにいた。

少しでも笑顔になればと、場を和ませることができればと、ふざけたりするようになったのはいつからだったか。よく怒られるが、そのたびに仕方ないと頭を撫《な》でられたり、叩《たた》かれて、でも、心配されるのも悪くないなあ、と思った。この幸せが、ずっと続いたら良い、そう思っていた。

でも、運命の日は突然、やってきた。

慰霊碑を見た瞬間、まるで雷に打たれたようだった。頭が割れそうなほど痛んだ。

――役目を思い出せ。

すべてを忘れろ。

――お前のやるべきことを思い出せ。

要人たちの懐に入りこめ。

――405番。

いずれすべて思い出す。

――我らが皇帝陛下のために！！！

「すべては、こうていへいかのために……」

その目からは幾筋もの涙があふれた。

すべて思い出した。自分が何者か、何をすべきか……。

ゴウエンが何をしようとしているのか気が付いて、利用した。

心が悲鳴をあげていることに気が付かないようにした。動きたくないのに、染みついた何かが、体を動かす。

俺はずっと役に立ちたいと思っていたゴウエンの家族を殺した国の人で、優しいルーシェ姫に嘘《うそ》をついて。俺は、存在そのものが彼らの敵なのだ。

「嘘だろ……。なんで俺は……」

心が痛い。誰か助けてくれ。

＊＊＊

『ラルム、大丈夫よ』

ガルディア皇帝にボロボロにされても、ルーシェ姫の目は光を失わなかった。

『私はあなたを許すわ。あなたがどんな思いで、今日、ここまで生きてきたのか。今、どんなにつらいのか、ちゃんとわかっているわ。だから、そんな顔しなくていいの。泣かないで』

『私はあなたを恨まないわ。大丈夫。一緒にお家《うち》に帰りましょう。また、元通りだわ』

なんで、この状況でそんなことを言える。俺はルーシェ姫を騙《だま》したのに。どうして、そんなに、優しい。

『こちらに来たいなら、今すぐ私のもとに来なさい‼』

その姿に、光が、見えた。

その時に感じた。ゴウエンとは違った何か。

この人が、俺の主人だ。

全ての片が付いた時、殺されるものと思っていた。ゴウエンに殺されるとわかった時、うれしかった。『息子』と呼んでくれたこと、それだけで十分だったのだ。なのに……。

『ガルディア帝国のことを知っている部下って素敵だと思わない、お父様。それにラルム、あなた、さっき自分の主人は私って言ったでしょ⁉』『勝手に死んでもらっては困るのよ！』

まさか、生きていられるとは思わなかった。どこまでも、予想ができない姫様だ。

「いつか、いつか絶対にお傍《そば》にまいります」

そうしたら、この身が滅びるまでお傍にいます。

あとがき

こんにちは。きりえと申します。

『私はおとなしく消え去ることにします３』をお手に取っていただき、ありがとうございます。本作はネット小説投稿サイト『小説家になろう』で連載中の作品となります。

第三巻を発売することができて、とてもうれしく思います。この本が発売される頃にはインフルエンザが流行《はや》っていそうですね。皆さん気を付けてください。予防接種はしましたか？

ここから先は少しネタバレもありますので、読者様は気を付けてくださいね。

さて、今回は、リスティル領でのお話になっています。最初はちょっと毛色を変えた魔法中心の物語にしようかな？　と話が浮かばない頭で考えていました。しかしながら、ネタリストとして適当に送った中で担当様のお眼鏡にかなったのが、あのネタでした。そう、あのネタ。まさかの婚姻話。なんとなく、ざっと書いただけのネタを送ったのに、まさか食いつかれるとは……。ビックリです。

そのおかげで、ガルディア皇帝という本シリーズ屈指のヤンデレキャラクターが再度登場してしまいましたよ。

今回はルーシェ、ラスミア殿下、ルカ、それぞれが考えていることを描写しようと頑張りました。個人的にはラスミア殿下がかなり落ち着いてきたような気がしますね。彼もなんだかんだ歳を重ねているのですね。

あとは新キャラクター達にもご期待ください。私としてはラルムとゴウエンの掛け合いがお気に入りになっています。ラルムのようなキャラクターが一人いてくれると、とても助かりますね。彼はネット上では違う名前だったのですが、あるキャラクターと名前の呼び方が似ているということで、改名しました。

さて、挿絵を担当してくださったNardack様。今回も、可愛らしい絵をありがとうございます。私の希望としては、ガルディア皇帝とルーシェのツーショットをお願いします。どんな構図になるのか予測できない……。

そして、なかなかストーリーが浮かばず困っていた私に、様々な助言をしてくださった担当様には本当に感謝しております。

それでは、またどこかでお会いできることを願っています。

きりえ

カドカワBOOKS

私《わたし》はおとなしく消《き》え去《さ》ることにします 3

2020年1月10日　初版発行

著者／きりえ

発行者／三坂泰二

発行／株式会社KADOKAWA

〒102-8177
東京都千代田区富士見2-13-3
電話／0570-002-301（ナビダイヤル）

編集／ビーズログ文庫編集部

印刷所／大日本印刷

製本所／大日本印刷

●お問い合わせ
https://www.kadokawa.co.jp/（「お問い合わせ」へお進みください）
※内容によっては、お答えできない場合があります。
※サポートは日本国内のみとさせていただきます。
※Japanese text only

Printed in Japan
ISBN 978-4-04-735871-3 C0093

新文芸宣言

かつて「知」と「美」は特権階級の所有物でした。

15世紀、グーテンベルクが発明した活版印刷技術は、特権階級から「知」と「美」を解放し、ルネサンスや宗教改革を導きました。市民革命や産業革命も、大衆に「知」と「美」が広まらなければ起こりえませんでした。人間は、本を読むことにより、自由と平等を獲得していったのです。

21世紀、インターネット技術により、第二の「知」と「美」の解放が起こりました。一部の選ばれた才能を持つ者だけが文章や絵、映像を発表できる時代は終わり、誰もがネット上で自己表現を出来る時代がやってきました。

UGC（ユーザージェネレイテッドコンテンツ）の波は、今世界を席巻しています。UGCから生まれた小説は、一般大衆からの批評を取り込みながら内容を充実させて行きます。受け手と送り手の情報の交換によって、UGCは量的な評価を獲得し、爆発的にその数を増やしているのです。

こうしたUGCから生まれた小説群を、私たちは「新文芸」と名付けました。

新文芸は、インターネットによる新しい「知」と「美」の形です。

2015年10月10日
井上伸一郎